LE LIVRE DES SAGESSES D'ORIENT

Gilbert Sinoué est né au Caire en 1947. Il est l'auteur de nombreux romans parmi lesquels *Le Livre de Saphir* (Prix des Libraires 1996) et *L'Enfant de Bruges. À mon fils à l'aube du troisième millénaire* et *Des jours et des nuits* font partie de ses dernières parutions.

GILBERT SINOUÉ

Le Livre des sagesses d'Orient

ÉDITIONS 1

La Sagesse n'appelle-t-elle pas ?
L'Intelligence n'élève-t-elle pas la voix ?
Au sommet des hauteurs qui dominent la route, au croisement des chemins, elle se poste ; près des portes, à l'entrée de la cité, sur les voies d'accès, elle s'écrie : « Humains ! C'est vous que j'appelle, ma voix s'adresse aux enfants des hommes. Simples ! apprenez le savoir-faire, sots, devenez raisonnables. Écoutez, j'ai à vous dire des choses importantes, j'ouvre mes lèvres pour dire des paroles droites. »

Livre des Proverbes VII, 1 à 6

– 1 –

Écoutez-moi, âmes nobles, gens d'ici et d'ailleurs. Moi, le mendiant, l'errant, l'oublié de la fortune, j'ai mission de vous transmettre les mots de nos pères, les pensées oubliées. Rassemblez-vous autour de moi, au plus près, ici, aux portes de la mosquée, au cœur de Baghdad, la Ville Ronde. Écoutez-moi.

Ce que je tiens, je l'ai hérité de la nuit des temps, car je n'ai point d'âge. La vieillesse et la mort — damnations suprêmes — n'ont sur moi aucune prise. J'ai mille ans. J'ai un jour. Je suis né d'hier, je suis de demain.

Tout au long de ma longue, ma trop longue existence, j'ai connu des princes et des gueux, des rois, des reines, de faux vizirs, de vrais seigneurs, des adultes à l'âme d'enfant et des enfants vieux. Mes yeux sont pleins de lumière et de ténèbres.

J'ai poursuivi en vain deux quêtes impossibles — celle de l'amour — jusqu'à la déraison ; celle de l'amitié, jusqu'à la désillusion. Tel un papillon fou, mon cœur s'est brûlé cent fois aux flammes de ces sentiments éternels. Au fil de mes voyages, le long des plaines fertiles et des espaces désertiques, j'ai appris l'oubli, j'ai oublié d'apprendre.

Je ressemble aujourd'hui à cet être bizarre d'il y a longtemps, connu de tout l'Orient, moitié fou, moitié sensé et que l'on surnommait le Medjdoub. Exagérant sa démence, dès lors que l'on eût été tenté de le prendre pour sage ; redevenant lucide, quand on raillait sa folie. On pouvait l'entrevoir certains soirs, errant dans les lacis de Baghdad, d'Alep ou du Caire, avançant tête branlante à l'image des derviches, indifférent — en apparence — au monde qui l'entourait. Je suis celui-là.

Regarde-moi.

Comme lui, je suis vêtu de haillons. Comme lui, je déambule dans les villes, la tête dans les étoiles et le cœur en sommeil, craint et méprisé à la fois.

Comme lui, j'accède à la table d'hôtes anonymes qui veulent bien m'accueillir puisque tout enfant de l'islam — respectueux de la tradition — doit être compassion pour les pauvres d'esprit. Comme lui aussi, j'accède à la compagnie des femmes qui aiment à rire de mes satires et de mon impertinence. Même les puissants (pour mieux se gausser de mes harangues) m'accueillent dans leurs palais d'or et de marbre.

Et pourtant, je suis seul. Infiniment.

Combien de fois ai-je sillonné l'océan des erreurs par sottise, vogué sur la séduction le soir, naufragé au matin ! Combien de fois ai-je obéi aux passions par pure légèreté ! Je me suis enorgueilli, j'ai rapiné, j'ai pratiqué les faux-semblants.

Désormais, quand l'aube remonte des entrailles de la Ville Ronde, je me retrouve face à moi-même. Nul chant d'amour, nulle voix amie. Rien que la rumeur du vent courant le long des dunes alanguies. Pas de nuit chaude en hiver, point de femmes pour me caresser le front, pas même un ennemi qui m'eût redonné le goût du combat.

Poursuivi par la vindicte d'Allah, la solitude est mon lot. Je me suis souvent demandé pourquoi. Pourquoi moi ? Pourquoi cette torture ? Jusqu'au jour où un ange m'a confié que le Très-Haut m'avait volontairement condamné à l'errance éternelle pour avoir brûlé trop tôt, trop vite, les pages du grand livre de la jeunesse ; pour n'avoir pas su savourer l'instant, pour avoir dilapidé les heures, pour avoir traversé le monde tel un chien fou ; pour n'avoir pas su mettre en pratique les conseils des sages.

Aussi, aujourd'hui, lecteur, tu es mon dernier recours. Si seulement je parvenais à te convaincre de la richesse des pensées anciennes. Si je réussissais à te les transmettre pour qu'elles rendent ta vie moins insupportable, alors, peut-être, ô délice ! verrais-je le Tout-Puissant mettre fin à mon exil sur terre. C'est à cette condition seule que je trouverais sérénité et repos.

Désaltère-toi à la source des mots. Isole-toi des tumultes de la cité. Prends cette coupe de conseils, bois-la, et donne généreusement ce qu'il en reste à qui a soif.

Laisse-moi toutefois te préciser quelque chose.

Dans ma harangue, les penseurs de l'islam occupent — comme il se doit — une place prédominante. Toutefois, ils ne sont point les seuls.

L'un de mes pairs, le Persan al-Sadjâssi, écrivait il y a des siècles : « Quand la sagesse est descendue des étages du ciel vers le centre de la terre, elle s'est établie en quatre gîtes et s'est installée en quatre demeures : dans le cerveau des Grecs, sur la langue des Arabes, dans la main des Chinois et dans le cœur des Perses. Mais en écrivant ces propos, al-Sadjâssi commettait un oubli fâcheux. Il faisait abstraction des auteurs du Grand Livre, je veux dire : la Torah et le Nouveau Testament. Il oubliait aussi les préceptes talmudiques tels qu'ils figurent dans le traité des Pères. Je ne peux, pour ma part, négliger de citer ces auteurs inspirés par le divin et qui, tel le Prophète — béni soit son saint nom —, ont vu eux aussi le jour en Orient ; qu'il s'agisse de Yéshouah, que d'aucuns appellent Jésus, de Moïse ou encore de Soleïman, plus connu en Occident sous le nom de Salomon. Aussi ne sois point étonné si, ici et là, leurs paroles apparaissent au gré de mon discours. Ces personnages sont les astres éternels conçus pour éclairer ce monde enténébré.

Pour commencer, je te parlerai de l'instant. De l'instant et de la vie.

Qu'y a-t-il de plus précieux en ce bas monde que l'instant ? Les secondes additionnées ne forment-elles pas la minute, l'heure et la vie ?

Grain de sable, l'instant coule inexorablement

dans le sablier, et — inconscients que nous sommes — rares sont ceux qui parmi nous savent apprécier sa fuite. Nous vivons comme si l'instant était chose acquise, alors que rien de ce qu'il contient ne nous appartient. C'est un prêt, rien qu'un prêt qu'il nous faut un jour restituer au prêteur. C'est-à-dire au Tout-Puissant. L'instant est fugace, sa durée incertaine. Il ressemble au roi de lumière qui, le temps d'un battement de paupières, frappe l'onde et rejaillit vers l'azur. Il est la vie. En jouir est l'une des clés du bonheur. S'en imprégner, en respirer les moindres effluves, c'est l'art que nous enseignent les philosophes et les sages. Tant d'êtres passent le plus clair de leur existence comme s'ils étaient immortels. Tant d'êtres prononcent ce mot absurde : demain ! Demain j'accomplirai l'œuvre qui habite mes rêves. Demain je bâtirai ma cathédrale, ma mosquée ou ma synagogue. Et le Tout-Puissant là-haut sourit. Lui qui sait que demain se tient dans sa paume et qu'il pourrait souffler dans cette paume pour que s'envole l'avenir.

Quoi que tu entreprennes, quelles que soient tes ambitions, reste modeste et garde en mémoire ceci : « L'aiguille survit toujours au tailleur. »

De la jouissance de l'instant

« Recherche sincèrement l'eau de la vie ; mets-toi en marche, car tu n'es pas l'amande, tu n'en es que l'écorce. »

ATTAR, *Le Langage des oiseaux*

« Si le temps de l'exil entre vous se prolonge, l'oubli s'avance à pas lents, et le désir s'efface. »

JAAFAR IBN YAHYA

« Jouis de la terre et de la vie, car si la terre reste, la vie ne reste pas.

Aime la vie et jouis de la vie, et pour cela pense que la mort est inévitable.

Jouis donc de la vie ! Le bonheur n'a qu'un temps, hâte-toi ! Et songe que tout le reste n'est rien.

Car tout le reste n'est rien ; car en dehors de l'amour de la vie, tu ne recueilleras que vacuité et inanité sur terre !

Car le monde doit être comme le logis du cavalier voyageur. Ami, sois le cavalier voyageur de la terre ! »

Les Mille et Une Nuits

« Ô toi qui as passé cinquante ans et qui dors ! sauras-tu te servir des quelques jours qui restent ? Le vent de cet orgueil, l'ardeur de ce courroux, jusqu'à quand ? Sois honteux ! toi qui n'es qu'un peu d'eau. Toi qui es homme fait, tu restes un enfant ; et devenu vieillard, tu fais le jouvenceau. Assis, tu joues, alors que de droite et de gauche vont les flèches du ciel ruisselant de clarté. Tant que, du troupeau que nous sommes, il restera quelque mouton, le destin ne cessera pas de faire office de boucher. Tu as mis ton flambeau sur le chemin du vent ; tu es comme une maison sur le passage d'un torrent. Or, t'élèverais-tu jusqu'au ciel saturnien ; aurais-tu la beauté du soleil, de la lune ; ou surpasserais-tu le vent par ta vigueur ; ou t'élancerais-tu, tel l'impétueux éclair ; te serait-il permis même de transmuter la pierre brute en or natif, par alchimie, pourtant tu ne pourrais, par ton art et tes ruses, échapper à la main de l'ange de la mort. Toute perfection finit par un déclin ; et la rose s'effeuille alors qu'elle était fraîche. Ô toi qui poses ta tête sur le sein de celle que tu aimes, aie donc en mémoire la brique qui sera ton coussin dans la nuit du tombeau ! »

SAADI, *Le Gulistan*

« Profite du présent pour te réjouir, ô ami, car Adam lui-même a renoncé au paradis dès que ses provisions furent épuisées. »

HAFIZ, *Ghazal*

« Je ne sais si celui qui m'a créé m'a destiné au ciel ou à l'enfer. Une coupe, une adolescente, un luth au bord d'un champ, je m'en satisfais au comptant et te laisse ton paradis à crédit. »

OMAR KHAYYAM, *Les Robayyat*

« Dis-moi, le ciel est-il plus beau de m'avoir fait vivre sur terre ? Sa splendeur et sa majesté, que perdront-elles à mon départ ? Mes deux oreilles n'ont jamais entendu personne leur dire ni le pourquoi de ma venue, ni le pourquoi de mon départ. »

OMAR KHAYYAM, *Les Robayyat*

« On nous promet un paradis et des houris aux yeux de jais ; on nous promet le vin et l'hydromel. Si nous avons choisi ici-bas le vin et les bien-aimées, nous avons raison, puisque telle est la fin qui nous est promise là-haut. »

OMAR KHAYYAM, *Les Robayyat*

« Abreuve à coups redoublés ton cœur, car maint malade s'est ainsi guéri, et jette-toi sur la vie comme sur une proie, car sa durée est éphémère. Quand bien même ta vie durerait mille ans pleins, il ne serait pas exact de dire qu'elle est longue. Te laisseras-tu ainsi mener par la tristesse jusqu'à la mort, alors que le luth et le vin frais sont là qui t'attendent ? Que les soucis ne se rendent pas maîtres de toi de vive force, lorsque la coupe est comme une épée étincelante dans ta main. À se conduire sagement, les soucis vous assaillent jusqu'au plus profond de vous-même ; être sage, pour moi, c'est n'être pas. »

AL MOUT'AMID

« Tout ce que ta main trouve à faire, fais-le tant que tu en as la force, car il n'y a ni œuvre, ni réflexion, ni savoir, ni sagesse dans le Shéol où tu t'en vas. »

L'Ecclésiaste

« Mange à satiété, revêts de beaux habits, dépense ton argent
Et sache bien qu'au bout du compte

Celui qui laisse quelque chose après lui n'est qu'un fou. »

Ibn el Yamin

Souviens-toi des paroles de Yéshouah. N'a-t-il pas écrit : « Ne vous inquiétez donc pas du lendemain : demain s'inquiétera de lui-même » ? J'ai passé mille heures à me tourmenter, l'âme béante, offerte à toutes les intrusions, totalement livrée aux affres de l'angoisse, convaincu que de cette torture naîtraient les réponses aux questions sans réponses. Folie ! J'oubliais que le monde n'est qu'un songe, un mirage. Peut-on se rendre maître des songes ? Peut-on emprisonner les mirages ? Alors à quoi te servirait de faire les cent pas sur ton chemin de ronde, d'user ton esprit en de vaines spéculations ? Le seul sentiment qu'il te faut entretenir, c'est la foi. Le Prophète ne proclamait-il pas : « Ne sais-tu pas que la Royauté des cieux et la terre appartiennent à Dieu et qu'en dehors de Dieu il n'est, pour vous, ni maître ni défenseur ? »

Ne pas te soucier de l'avenir, et croire en la Fortune. Telles sont les vérités. Les battants du destin sauront toujours s'écarter pour toi, le jour venu, à l'heure propice. Et puisque le bonheur n'est pas éternel, pourquoi le chagrin et le malheur le seraient-ils ?

De la vanité de penser à demain

« Un visiteur demanda à Uways :

— Comment te sens-tu ?

— Comme quelqu'un qui s'est levé ce matin et ne sait pas s'il sera encore vivant ce soir.

L'autre fit observer :

— Quoi d'original ? Tous les hommes se trouvent dans la même condition !

— Oui, dit Uways, c'est exact. Mais combien en sont conscients ? »

Rapporté par IDRIS SHAH

« Vie longue, vie brève, que t'importe ?
Si loin que s'étire la corde,
elle doit passer par l'anneau. »

ROUDAKI, *Épinette*

« Destiné par ta naissance à la poussière, pourquoi ériges-tu dans ce monde ici-bas des palais élevés ? »

ATTAR, *Le Livre divin*

« Crois-moi, à ce carrefour du désir et du besoin, garde-toi de ne rien laisser : à ce carrefour, tu ne repasseras plus jamais. »

OMAR KHAYYAM, *Les Robayyat*

« Le poisson disait au canard dans la poêle : "Crois-tu que l'eau remontera le cours de la rivière ?" Le canard répondit : "Quand nous serons rôtis, qu'importe que le monde soit mer ou mirage ?" »

OMAR KHAYYAM, *Les Robayyat*

« Mon tour d'existence s'est écoulé en quelques jours. Il est passé comme passe le vent du désert. Aussi, tant qu'il me restera un souffle de vie, il y a deux jours dont je ne m'inquiéterais jamais : le jour qui n'est pas venu et celui qui est passé. »

Omar Khayyam, *Les Robayyat*

« Nous sommes des marionnettes et le ciel est le montreur. Sur la scène de la vie nous faisons trois petits tours.

Puis un à un retombons dans la caisse du néant. »

Omar Khayyam, *Les Robayyat*

« Oublie le jour qui s'est enfui de ton existence. Oublie-le. Oublie demain qui va venir et qui n'est pas encore né. Oublie-le. Sur ce qui est et qui n'est plus, il est vain que tu réfléchisses. Ne jette pas ta vie au vent, vis l'instant et oublie-le. »

Omar Khayyam, *Les Robayyat*

« Aujourd'hui tu n'as pas accès à demain et le souci que tu t'en fais n'est que chimère. Si ton cœur est sage, ne gâte pas ce souffle présent, car ce qui te reste de vie est le seul bien précieux. »

Omar Khayyam, *Les Robayyat*

« L'océan ne diminue ni ne s'accroît.

Bien que les vagues à jamais s'enflent et s'écoulent, l'être de ce monde est une vague qui ne dure qu'un moment : l'instant suivant cette vague disparaîtra. »

Djâmi

« Quelqu'un m'a demandé mon âge, après avoir observé la vieillesse grisonner sur mes tempes et les boucles de mon front.

Je lui ai répondu : "Une heure. Car en vérité je ne compte pour rien le temps que j'ai vécu jusqu'à ce jour." Il s'est étonné : "Que dites-vous là ? Expliquez-vous. Voilà bien une réponse troublante."

Je dis alors : "Un jour, par surprise, j'ai donné un baiser, un baiser furtif, à celle qui tient mon cœur. Si nombreux que doivent être mes jours, je ne compterai que ce court instant, car il est vraiment toute ma vie." »

IBN HAZM, *Le Collier de la colombe*

« N'aie nul espoir d'être guidé en ce bas monde : c'est un diable. N'en attends nul bon fruit : pas plus qu'un platane il n'en donnera.

La part que le temps te réserve, ce n'est que la fuite des jours. Contente-toi de la mesure des journées qu'il te comptera. »

NASIR

« Quand après ma mort, la chouette
Ira voleter tout autour de mon tombeau,
Assoiffé sous la terre, aurais-je auprès de moi
Les trésors que j'aurais amassés dans la vie ? »

HATIM TAYY

« Voilà pourquoi je vous dis : Ne vous inquiétez pas pour votre vie de ce que vous mangerez, ni pour votre corps de quoi vous le vêtirez. La vie n'est-elle pas plus que la nourriture, et le corps plus que le vêtement ? Regardez les oiseaux du ciel : ils ne sèment ni ne moissonnent ni ne recueillent en des greniers, et votre Père céleste les nourrit ! Ne valez-vous pas plus qu'eux ? Qui d'entre vous d'ailleurs peut, en s'en inquiétant, ajouter une seule coudée à la longueur de sa vie ?

Et du vêtement, pourquoi vous inquiéter ? Observez les lis des champs, comme ils poussent : ils ne peinent ni ne filent.

Or je vous dis que Salomon lui-même, dans toute sa gloire, n'a pas été vêtu comme l'un d'eux.

Que si Dieu habille de la sorte l'herbe des champs, qui est aujourd'hui et demain sera jetée au four, ne fera-t-il pas bien plus pour vous, gens de peu de foi ! Ne vous inquiétez donc pas en disant : Qu'allons-nous manger ? qu'allons-nous boire ? de quoi allons-nous nous vêtir ?

Ce sont là toutes choses dont les païens sont en quête. Or votre Père céleste sait que vous avez besoin de tout cela. »

JÉSUS, *Évangile selon saint Mathieu*

« L'existence est une demeure seulement prêtée et construite sur le passage d'un torrent ; notre vie est comme une lampe sur une fenêtre, en plein vent. Sans nous, bien des fois le soleil se lèvera, se couchera ; n'attache donc pas ton cœur à ce qui se passe, car le Tigre longtemps coulera dans Baghdad après le trépas du calife. »

SAADI, *Le Gulistan*

« Acharné jour et nuit à scruter mon destin, je ne sais d'où je viens, je ne sais où je vais. Pourquoi mon existence ? Pour quel exil ? Mais non, je sais, venu de là-haut je dois y retourner. Je suis le rossignol du paradis, en cage pour quelques jours. »

DJALÂL AL-DIN RÛMÎ, *Odes mystiques*

« Et souviens-toi de ton Créateur aux jours de ton adolescence, avant que viennent les jours mauvais et qu'arrivent les années dont tu diras : "Je ne les aime pas" ; avant que s'obscurcissent le soleil et la lumière, la lune et les étoiles, et que reviennent les nuages après la pluie ; au jour où tremblent les gardiens de la maison, où se courbent les hommes vigoureux, où les femmes, l'une après l'autre, cessent de moudre, où l'obscurité gagne celles qui regardent par la fenêtre. Quand la porte est fermée sur la rue, quand tombe la voix du moulin, quand on se lève à la voix de l'oiseau, quand se taisent toutes les chansons. Quand on redoute la montée et qu'on a des frayeurs en chemin. Et l'amandier est en fleur, et la sauterelle est pesante, et la câpre perd son goût. Tandis que l'homme s'en va vers sa maison d'éternité et les pleureurs tournent déjà dans la rue. Avant que lâche le fil d'argent, que la coupe d'or se brise, que la jarre se casse à la fontaine, que la poulie se rompe au puits et que la poussière retourne à la terre comme elle en est venue, et le souffle à Dieu qui l'a donné. Vanité des vanités, dit Qohélet, tout est vanité. »

L'Ecclésiaste

« La vie ? Un sourire d'enfant entre deux larmes. »

BEN GOURNO

– 2 –

La nuit s'effeuille, bercée par les murmures toujours recommencés du Tigre et de l'Euphrate. La nuit est douce, et accueillante sa moiteur.

Je pense à elle qui dort ailleurs.

Où donc est-elle ? Déambule-t-elle dans les jardins de l'Alhambra ou dans les ruelles de Kerouan ? S'apprête-t-elle à livrer son corps à un époux de fortune ou à un amant élu ? Je l'ai perdue un jour. Nous nous sommes égarés dans les méandres de la passion, consumés, brûlés, au point qu'il n'est plus resté de cet amour que cendres et amertume. Pourtant, Allah m'est témoin qu'elle fut ma raison d'être, mes yeux. Elle n'en a jamais rien su ou elle ne l'a pas compris. Le malheur de certains amants est qu'ils s'unissent sans se comprendre, qu'ils se touchent sans se voir, qu'ils se voient sans se regarder. Qu'importe ! Le mal est fait et la douleur sera éternelle. Je sais maintenant que vivre sans amour, c'est survivre, c'est avancer vaille que vaille le long d'une route peuplée d'ennui et d'incertitudes.

Ta gloire, ta fortune, ta puissance, toutes ces

choses terrestres sont si vaines, si stériles. À quoi te servirait le pouvoir sans le pouvoir d'aimer ?

Assis sur un tapis d'or ou sur une paillasse poussiéreuse, glorieux au retour d'une bataille, ou défait, triste ou allègre, souviens-toi de ceci : les émotions que l'on ne partage pas avec un être aimé ne sont que des images illusoires, dépourvues de consistance et de vérité.

Depuis, j'ai vu des paysages somptueux. J'ai admiré les minarets du Caire, les palais de Damas et de Séville. J'ai contemplé des couchers de soleil admirables sur les rives du Guadalquivir et du Nil. J'ai vu, mais je n'ai rien éprouvé, puisque le seul compagnon de mon regard fut la solitude.

Ne laisse jamais passer l'opportunité d'aimer et quand tu l'auras saisie, garde-la précieusement et défends-la comme on défend une forteresse.

Que te dire d'autre mon frère, ma sœur, mon amie ? Sinon les mots du fou de Layla[1] *:*

De l'amour

« L'amour, je le vois bien, est ardente brûlure
Et des cœurs des amants, il fait sa nourriture.
Si seulement brûlés, ils mouraient pour de bon !
Hélas, sitôt brûlés, les voici qui renaissent.

1. Quays ibn al-Moulawah, de la tribu des Banou Amir, appelé Majnoun Layla « le fou de Layla », a laissé un ensemble de poèmes consacrés à celle qu'il a aimée jusqu'à en perdre la raison.

Tels des damnés : leurs peaux réduites en charbon
Pour de nouveaux tourments, retrouvent leur jeunesse. »

LE FOU DE LAYLA

Mais le Majnoun ne fut pas le seul à dire ce sentiment millénaire... Écoute :

« L'amour — Dieu te conforte — commence en plaisanterie et s'achève gravement. Il a tant de sens, et d'une si haute subtilité, qu'il en défie la description. On n'en saisit la vérité qu'en l'éprouvant. La religion ne l'interdit pas, la Loi ne prévient pas contre lui, puisque les cœurs sont dans la main de Dieu...

L'amour, c'est encore prodiguer tout ce qu'on peut, quand on se l'interdisait auparavant, c'est comme si donner était une faveur, comme si dans l'acte de donner on y faisait sa fortune. Combien d'avares devenus généreux, que de sourcilleux déridés, que de lâches rendus braves, de lourdauds élégants, d'ignorants cultivés, de malpropres poudrés, de pauvres hères embellis ; que d'hommes d'âge retombés en enfance, de dévots soudain trop hardis et de virginités déchirées !

Tout cela, quand l'amour n'a pas encore pris, quand la première flamme n'a pas encore jailli, avant que les langues de feu s'élèvent du brasier. Quand c'est le cas, que la proie est prise, alors sous tes yeux, l'entretien se fait secret, et c'est ouvertement que l'on s'éloigne de toute autre présence que celle de l'aimé :

Quelle joie de parler quand on parle de lui.
Avec ce doux parfum d'ambre qui m'environne !
Et s'il parle, alors, sourd à toute compagnie,
Je n'entends que sa voix suave qui chantonne.
Si l'Émir des croyants était là à ce prix.
Il ne m'en ferait pas détourner.
Si je dois malgré moi briser là, le laisser,
Sur un dernier regard je pars, à pas blessés.
Mon œil s'attache à lui quand disparaît mon corps :
Tel qui se noie, du fond des flots pense à la terre.
De cette eau, s'il est loin, je suffoque, aussi fort
Qu'en bâillant au milieu du feu, de la poussière.
Jusqu'au ciel, me dit-on, crois-tu donc arriver
— Oui ! Une échelle y monte, et j'ai su la trouver.

De tout ce qu'elle a, prends le plus facile
Et contente-toi. Ne te grise pas à te peiner pour qui te crucifie.
D'elle à toi nul lien, nul pouvoir sur elle.
Et quoi qu'il puisse advenir de ton sort,
Elle n'est pas ton père ni ta mère.

Ne désespère pas du sort d'un stratagème,
Même longtemps ourdi, car la tâche est ardue.
Défie-toi de la nuit : l'aube bientôt se lève,
Reste lucide au jour, car le soleil se couche.

Persévère ; comme la mer bat la falaise,
Et l'attaque de son flux et de son reflux.

Insiste sans faiblir ; peu est déjà beaucoup.
La bruine est faible, et pourtant pénètre le sol.
Si l'homme se nourrit de poison pour survivre,
Il y trouve à la longue un soutien éprouvé. »

IBN HAZM, *Le Collier de la colombe*

« L'Amour est un océan et les cieux n'en sont que l'écume. Sache que les cieux tournent par l'effet de l'amour. Sans lui, le cœur de l'univers deviendrait un bloc de glace. »

DJALÂL AL-DIN RÛMÎ, *Le Mesnevi*

« L'amour est une douceur dont le jus est savoureux et la pâte amère. »

Les Mille et Une Nuits

« Les sages d'autrefois l'ont bien dit : l'homme instruit n'est plus qu'un pauvre ignorant dès qu'il s'agit d'amour. »

MANOUTCHEHRI

« Celui à qui l'amour a donné la vie ne mourra jamais. C'est pourquoi l'éternité est inscrite sur les feuillets du cœur. »

HAFIZ, *Ghazal*

« L'amour, sache-le bien, ne possède l'être que s'il le laisse sourd à tout propos autre que celui du bien-aimé, aveugle à tout regard qui n'émane pas de lui. Le cœur scellé, il ne laisse pénétrer que l'amour du bien-aimé. Il appose un verrou sur le recel de son imagination pour qu'il ne se représente que la forme de son aimé en s'interdisant la vision d'un autre qui lui ferait concurrence et en refusant toute description étrangère à lui dont l'imagination pourrait s'emparer. »

Ibn Arabi, *Traité de l'amour*

« Promène ton cœur autant que tu le peux dans la diversité des amours. Tu verras qu'aux premières l'on revient toujours. »

Abou Tammâm

« Tu dis que l'amour est un péché ? Je dis que c'est le péché préféré de Dieu. »

Ibn Hazm, *Le Collier de la colombe*

« La première cause de l'amour est l'amour que l'homme porte à soi-même, à sa substance, à la perfection et à la durée de son existence et la haine de tout ce qui le fait périr et l'anéantit, et le diminue et le prive de sa perfection. »

Al-Ghazali, « Mystère »

« L'amour est une maladie. Ce qui la rend unique, c'est que de la souffrance qu'elle peut engendrer peut naître aussi le bonheur. »

Avicenne, *De la connaissance*

Mais vois-tu, aimer ne suffit pas, encore faut-il savoir aimer. Ne ressemble pas à ceux-là qui disent aimer alors qu'ils ne font que légaliser un sentiment de possession. Même lorsqu'ils pardonnent à l'être qui leur a fait mal, même là que font-ils ? Ils lui en veulent, ils entretiennent la rancune pour finalement, parfois, prononcer un jour la phrase sacrée : « Je te pardonne. » Qu'est-ce que cela révèle ? Rien. Rien d'autre si ce n'est qu'ils demeurent toujours et encore le personnage central, que c'est « moi » qui assume l'importance, puisque c'est encore « moi » qui pardonne...

Mon frère, mon ami, ma sœur, rejette toute forme d'amour, si elle n'est fondée que sur l'attirance des corps, sur l'idée de possession, de jalousie, de méfiance et de peur. C'est terrible d'avoir peur. C'est comme mourir. Les êtres qui aiment mal peuvent vous plonger dans les affres de l'agonie. Leur amour se limite à vous rebattre les oreilles avec des déclarations qui n'ont aucun lien avec l'amour. L'époux parce qu'il a placé son épouse à l'abri des soucis matériels ; l'amant parce qu'il se vantera de sa science de l'étreinte ; le père parce qu'il lui suffit d'offrir le gîte et le couvert à ses enfants ; la mère parce qu'elle vous aura donné naissance. Ne ressemble pas à ceux-là qui sont convaincus d'aimer, alors qu'en vérité ils n'ont jamais aimé qu'eux-mêmes.

De savoir aimer

« Pour bien aimer une vivante, il faut l'aimer comme si elle devait mourir demain. »

ABOU NAWAS, *Le Vin, le vent, la vie*

« Celui qui aime n'a pas besoin de comparer ; quand la comparaison entre par la porte, l'amour sort par la fenêtre. »

Yahya Haqqî, « Elle est comme ça », *La Lampe du sanctuaire*

« Un amoureux fou vint frapper à la porte de sa bien-aimée.

Elle demanda derrière la porte :

— Qui est là ?

Il répondit :

— C'est moi !

Elle dit :

— Il n'y a point de place pour toi et moi dans la même maison.

Alors il s'en alla méditer dans le désert et, des années plus tard, il revint frapper à la porte de sa bien-aimée.

Celle-ci questionna :

— Qui est là ?

Il répondit :

— C'est toi...

Alors seulement la porte s'entrouvrit. »

Al-Aghani

« Mieux vaut une portion de légumes avec de l'amour, qu'un bœuf gras avec de la haine. »

Proverbes, *Livre de Job*

« L'homme et la femme sont comme le feu et le coton. Pour qu'un pareil feu reste innocent, il faudrait qu'il soit — comme le puits de Joseph — arrosé à l'eau de vérité. »

Djalâl al-din Rûmî, *Le Mesnevi*

« Un jour que Majnoun se lamentait sur son amour, quelqu'un vint lui dire :

— Majnoun, cesse tes lamentations car Leïla est là. Elle se tient devant ta porte.

Majnoun releva aussitôt la tête :

— Dis-lui de passer son chemin, car Leïla m'empêcherait un instant de penser à l'amour de Leïla. »

AL-AGHANI

« Par orgueil je refusai le bonheur de l'amour, Et je subis le châtiment de l'orgueil. J'ai un Bien-Aimé que je visite dans les solitudes. Présent et absent aux regards, tu ne me vois pas l'écouter avec l'ouïe. Pour comprendre les mots qu'il dit, mots sans forme ni prononciation et qui ne ressemblent pas à la mélodie des voix. C'est comme si en m'adressant à lui par la pensée, je m'adressais à moi-même. Présent et absent, proche et lointain. Les figures des qualificatifs ne peuvent le contenir. Il est plus près que la conscience pour l'imagination, et plus caché que les pensées évidentes. Entre toi et moi, il y a un "je suis" qui me tourmente. Ah ! Ôte par ton "je suis" mon "je suis" hors d'entre nous deux. »

HALLAJ

« Ô toi qui poses des questions sur notre aventure, si tu nous avais vus, tu ne nous différencierais plus, je suis devenu celui que j'aime, et celui que j'aime est devenu moi. Nous sommes deux esprits, fondus en un seul corps pour nous, depuis que nous sommes en confiance mutuelle, les gens mettent notre légende en proverbes. Lorsque tu m'as aperçu, tu l'as aperçu, et lorsque tu l'as aperçu, tu nous as aperçus. Son esprit est mon esprit, et mon esprit son esprit. Nous sommes deux esprits vivant en un seul corps. »

HALLAJ

« Il y avait en Égypte un roi célèbre dont un malheureux devint réellement amoureux. Lorsque cette nouvelle parvint au roi, il fit venir aussitôt cet homme égaré et lui dit : "Puisque tu es amoureux de moi, choisis un des deux partis que je vais te proposer : ou de quitter cette ville et ce pays, ou d'avoir la tête tranchée par amour pour moi. Je te dis ton fait en un mot ; ainsi choisis d'avoir la tête tranchée ou d'émigrer." Ce malheureux n'était pas homme d'action, il préféra quitter la ville. Frustré et furieux il se disposait à partir, lorsque le roi ordonna de lui trancher la tête. Un chambellan dit alors : "Il est innocent ; pourquoi le roi a-t-il ordonné de lui trancher la tête ?" — "C'est, répondit le roi, parce qu'il n'était pas un véritable amant et qu'il n'était pas véridique dans la voie de l'amour. Si, en effet, il eût été homme d'action, il aurait préféré avoir ici la tête tranchée plutôt que de quitter le pays. Ce serait un crime que d'aimer celui qui préfère sa vie à l'objet de son amour. S'il eût consenti à avoir la tête tranchée, j'aurais serré mes reins de ma ceinture pour le servir et je serais devenu son derviche. Mais comme il n'avait que des prétentions en amour, il était convenable de lui faire trancher la tête. L'amoureux qui préfère l'amour de sa tête n'est pas habité par le véritable ni le pur amour. J'ai donné cet ordre afin qu'aucun homme sans résolution ferme ne vienne se vanter faussement de ressentir de l'amour pour moi." »

ATTAR, *Le Langage des oiseaux*

« Je voudrais que mon cœur eût été ouvert comme avec un couteau. Tu y serais entrée, puis il se serait refermé dans ma poitrine. Tu t'y serais retrouvée, sans autre compagnon, jusqu'au jour de la résurrection et du jugement des morts. »

IBN HAZM, *Le Collier de la colombe*

« Bonnes gens, de quelqu'un de cette tribu, mon ouïe est amoureuse, car souvent l'oreille anime avant l'œil. Ils m'ont dit : "Comment peux-tu aimer sans même avoir vu ?" J'ai répondu : "L'oreille non moins que l'œil sait guider l'amour." »

BACHÂR IBN BOURD, « Par ouïe »

« Réponds présent à la passion
chaque fois qu'elle te convoque
et fais taire les boute-feu
qui t'interdisent tout excès.
Lorsque l'on te blâme d'aimer, qu'on t'injurie
tiens bon : que ta fureur libidineuse
soit ton enseigne aux yeux du monde !
Si tu ne manifestes pas
ta seigneurie en ce domaine

d'autres se feront un plaisir
de se faire princes à ta place. »

Abou al-Qasim al-Tamimi, « Principauté »

« La seule médecine à la souffrance d'amour, c'est encore l'amour. »

Les Mille et Une Nuits

« Celui qui se laisse brûler par des yeux ardents n'a point ensuite à gémir d'être blessé à mort. »

Les Mille et Une Nuits

« Brûlé du feu de l'amour, mon désir est de devenir cendre.
Foulé aux pieds, mon désir est de devenir route.
Traversant la multitude vers le pays de l'unité
Ouvrant la voie vers l'infini, mon désir est d'être désert.
À travers les épreuves à la rencontre de l'amant,
L'océan une fois atteint, mon seul désir est d'être lac.
Sans égard pour les ruses intimes,
Sans illusion pour les promesses
Sur la branche de la roseraie d'amour
Mon seul désir est d'être rose. »

Koul Himmet

De l'importance d'aimer

« Ô amis, entendez-moi :
l'amour est pareil au soleil
et le cœur sans amour
est semblable à une pierre noire.
Que peut pousser d'un cœur de pierre ?
Celui qui le porte n'a sur la langue que venin,
et ses paroles, même les plus douces,
sont violentes comme la guerre.
Le cœur riche d'amour est ardent
et devient tendre comme le cierge ;
les cœurs de pierre sont comme l'hiver
hiver noir, hiver dur comme glace.
À la porte de notre Roi,
au service de notre Seigneur
les étoiles des amoureux
sont pareilles aux sentinelles. »

YUNUS EMRÉ

« À quoi servirait l'âme, si elle n'avait un
objet à aimer ? Si tu es un homme, que ton âme
ne soit pas sans maîtresse. Pour ta bien-aimée,
renonce à ta vie chérie, comme les hommes
dignes de leur vocation. Si tu livres
gracieusement ton âme, tu mériteras que ta bien-aimée
te livre sa vie. »

ATTAR, *Le Langage des oiseaux*

– 3 –

Les sages t'ont parlé de l'amour, mais un cheveu sépare l'amour de la femme, de même qu'un cheveu sépare le vrai du faux. Car l'amour est inhérent à la femme. Je te l'ai dit : la femme est le coton, l'homme est le feu. À quoi servirait le feu s'il n'avait rien à embraser ?

L'un n'est pas supérieur à l'autre. Et il serait absurde que la femme tente d'égaler l'homme. Absurde et inepte. Vouloir égaler l'homme c'est se rapprocher de l'imperfection, d'autant que, face aux rois et aux guerriers, confrontés aux puissants et aux maîtres, même en esclavage, la femme possédera toujours un avantage unique, divin, sur son partenaire masculin : elle seule est capable de porter la vie et d'enfanter.

J'ai rarement croisé des hommes pleinement épanouis qui auraient grandi sans compagne à leur côté. Si un homme possède ne fût-ce qu'un seul don, la femme saura le décupler. S'il possède ne fût-ce qu'une once de force en lui, elle saura le rendre plus fort que mille taureaux.

Pour le poète, la femme est la muse ; pour le conquérant, elle est le courage ; pour l'homme de loi, elle est la justice ; pour le vizir, elle est l'ambition ; pour la sagesse, elle est la folie ; pour le mensonge, elle est la vérité. Vivre sans femme c'est ne vivre qu'à moitié. D'ailleurs, le Créateur l'affirme dans le Grand Livre : « Il n'est pas bon que l'homme soit seul. »

S'il est seul, enfermé dans sa tour, l'homme devient capable de tous les abus, de toutes les férocités puisqu'il ignore la vertu du don et du partage.

De la force de la femme

« Dans l'apparence les hommes l'emportent sur les femmes, en réalité, ce sont eux qui sont toujours les vaincus. C'est comme pour l'eau et le feu, car le feu finit toujours par déclencher l'évaporation de l'eau. »

DJALÂL AL-DIN RÛMÎ, *Le Mesnevi*

« Le paradis est sous les pieds des mères. »

HADITH

« Fils d'Adam, proclamons ensemble que nous sommes esclaves des femmes ! »

AL-ABBAS IBN AL-AHNAF

De la femme et du plaisir

« Ô vous qui croyez, ne vous interdisez pas les plaisirs que Dieu vous a déclarés licites, mais n'allez pas au-delà, car Dieu n'aime pas ceux qui font excès de zèle. »

Hadith

« Vos femmes sont pour vous comme un champ de labour : allez à votre champ, comme vous le voudrez, mais faites auparavant une bonne action à votre profit. »

Sourate, II, 223

Puisque nous évoquons la femme et le plaisir, je ne peux m'empêcher de te rapporter la scène que nous décrit dans ses contes admirables la douce Shéhérazade. Tu pourras constater que les femmes épanouies savent se dépouiller de leur pudeur apprise pour réclamer de leur bien-aimé, sans équivoque, naturellement, admirablement, leur part de jouissance. Sans la douceur de la peau des femmes, Dieu que la chair serait triste !

« Alors la jeune fille se leva et se dévêtit et vint à moi avec, sur la peau, la chemise fine seulement. Et quelle chemise ! ô broderies ! Il y avait aussi le caleçon limpide ; mais elle se hâta de le faire glisser et, me prenant la main, elle me mena au fond de l'alcôve, où elle se jeta avec moi sur le grand lit d'or et, haletante, elle me dit : "Cela nous est maintenant permis. Il n'y a point de honte dans ce qui est licite !" Et elle s'étendit, élastique, et m'attira tout contre elle ; puis elle gémit longuement et fit suivre cela d'un grand frémissement et cela de quelques coquettes minauderies ; et finit alors par relever sa fine chemise jusqu'au-dessus de ses reins.

Alors moi je ne sus plus guère refréner mes longs désirs et, après lui avoir sucé les lèvres, alors qu'elle se pâmait et s'étirait et battait des paupières, je la pénétrai d'outre en outre. Et je vérifiai ainsi l'exactitude charmante de ce dire du poète : “Lorsque la jeune enfant eut relevé sa robe, ma vue put s'étendre avec aisance sur la terrasse de son ventre, ô jardins !”

Et j'en découvris l'entrée qui était aussi étroite et difficile que ma patience et ma vie. Mais je pus tout de même avec force y pénétrer, bien que de moitié seulement. Alors elle eut un grand soupir ; et je lui dis : “Pourquoi soupires-tu ?” Elle répondit : “Pour la seconde moitié, ô lumière de mon œil !”

En effet, une fois cela fait, elle me dit : “Agis, comme tu l'entends, je suis ton esclave soumise. Va ! viens ! Prends-le ! donne-le ! tout entier ou autrement ! Par ma vie chez toi ! donne-le plutôt pour que de ma main je m'en pénètre, et que je m'en pacifie les entrailles !” »

Les Mille et Une Nuits

De la conquête de la femme

« Les femmes dressent des obstacles lorsqu'on porte la main sur elles un peu trop tôt et qu'on précipite les opérations ; mais la partie la plus difficile devient simple pour peu qu'elles aussi partent au galop. »

Bachâr Ibn Bourd

« L'homme propose, Allah dispose et la femme s'interpose. »

Bachâr Ibn Bourd

« Si le cœur d'une femme est de roche, alors seul l'homme patient et passionné — tel Moïse autrefois —, saura faire jaillir de ses doigts la limpidité d'une source. »

Les Mille et Une Nuits

De la femme complément de l'homme

« Heureux l'homme qui a une femme vaillante, il doublera le nombre de ses jours. »

Talmud, *Livre de Ruth*

« Qui trouvera une femme forte ? Elle est plus précieuse que tous les trésors que le voyageur apporte de l'extrémité du monde. »

Livre des proverbes

« Dieu a créé le monde. La femme le foyer. »

Proverbe kurde

« Les femmes sont les sœurs des hommes. »

Hadith

« L'homme est un fleuve. La femme est un lac. »

Proverbe kurde

« La maison d'un homme, c'est sa femme. »

Proverbe juif

« Le proverbe dit : par une rivale et non par le fouet. »

Proverbe juif

« Trois attributs sont considérés comme des qualités chez la femme et des défauts chez l'homme : la fierté, la prudence et l'avarice. Une femme fière n'est pas dupée facilement. Une femme avare épargne son argent et celui de son mari. Une femme prudente évite de s'attirer des ennuis. »

Ali Ibn Abou Taleb

« Quant à ceux qui accusent leurs épouses, sans avoir d'autres témoins qu'eux-mêmes, le témoignage de chacun d'eux consistera à témoigner quatre fois devant Dieu qu'ils sont véridiques, et une cinquième fois pour appeler sur eux la malédiction de Dieu s'ils ont proféré un mensonge. »

Sourate, XXIV, 5,6

« Si vous craignez d'être injustes envers les orphelins, craignez également d'être injustes à l'égard des femmes. »

Sourate, IV, 3

« Frappez de quatre-vingts coups de fouet ceux qui accusent les femmes honnêtes, sans pouvoir désigner quatre témoins ; et n'acceptez plus jamais leur témoignage : voilà ceux qui sont pervers, à l'exception de ceux qui, à la suite de cela, se repentent et se réforment. — Dieu est, en vérité, celui qui pardonne ; il est miséricordieux. »

Sourate, XXIV, 4

La femme et la beauté

« La beauté d'une femme sotte est aussi ridicule qu'un anneau d'or au groin d'un pourceau. »

Livre des proverbes

« La beauté de la femme est le gibier des cœurs. »

THAÂLIBI

Et puisque je t'ai parlé de la femme, il est naturel que j'évoque son complément : l'homme. L'homme qui, au commencement des temps, vivait dans la femme comme la femme vivait en lui. Il suffit de relire le Grand Livre pour vérifier combien elle et lui ne faisaient qu'un seul être. Car, Dieu n'a jamais créé Adam en premier. Ceux qui colportent cette information perpétuent une erreur millénaire. Que nous dit la Genèse ? « Dieu créa l'homme à son image, à l'image de Dieu il le créa, homme et femme il les créa. » Vous avez bien lu « Homme et femme il les créa ». Ils étaient bien un être unique, le féminin et le masculin unis en une seule âme, un seul corps. Ce n'est qu'après, longtemps après, que le Très-Haut — pour des raisons que je déplore — décida de les séparer l'un de l'autre : « Alors Yahvé Dieu fit tomber une torpeur sur l'homme, qui s'endormit. Il prit une de ses côtes et referma la chair à sa place. Puis, de la côte qu'il avait tirée de l'homme, Yahvé Dieu façonna une femme et l'amena à l'homme. Alors celui-ci s'écria : Pour le coup, c'est l'os de mes os et la chair de ma chair ! Celle-ci sera appelée femme, car elle fut tirée de l'homme, celle-ci ! C'est pourquoi l'homme quitte son père et sa mère et s'attache à sa femme, et ils deviennent une seule chair. »

Ah ! si seulement le Tout-Puissant n'avait pas accompli cette séparation. L'homme et la femme ne passeraient pas une vie à se chercher désespérément, à tâtonner dans les ténèbres, en quête de sa moitié, et l'homme n'eût rien perdu de sa perfection.

De l'homme

« Le but de l'Univers c'est l'homme et le but de l'homme, c'est l'Univers. »

SULTÂN VALAD

« Le pire des hommes est celui que l'on honore parce qu'on le craint. »

HADITH

« Sois conciliant avec la femme, jamais avec l'homme. »

Proverbe kurde

« Avant que le monde ne fût créé, lorsqu'aucune créature ni l'homme n'existaient, ce Dieu était un trésor caché, rien d'autre que Lui n'existait, ô roi !

Avec Lui, il n'y avait que noms et attributs. Ce qui est autre que Lui était du néant par son essence.

Il désira être connu avec Ses attributs, donna un ordre et créa avec un *kâf* et un *nûn*.

Il Se fabriqua, ô roi, un miroir ; et Dieu Se vit Lui-même avec Ses attributs.

L'homme est ce miroir de Dieu, regarde-le avec intelligence ; ce qui est vu, c'est Dieu, Ses noms et Ses attributs. »

MEHMET TCHELEBI

« L'homme n'obtient que la femme qu'il mérite. »

Proverbe populaire [1]

1. Sous cette appellation s'inscrivent tous les proverbes orientaux qui, pour ainsi dire, sont tombés dans le domaine public. Nul ne peut définir où ils sont nés, ni à quelle époque. De qui leurs auteurs se sont-ils inspirés ? Qui ont-ils inspiré ? Ils appartiennent aux plus sages des sages, c'est-à-dire aux anonymes qui font la vie.

« Là où il n'y a pas d'homme, raison de plus pour être un homme. »

ABOU ALI SHAQIK BALKHI

« Le meilleur homme parmi les hommes est celui qui leur est le plus utile. »

HADITH

« L'homme sage est celui qui cherche à s'instruire auprès des hommes.

L'homme fort est celui qui sait briser ses désirs.

L'homme riche est celui qui se contente de son lot.

L'homme honoré est celui qui honore les autres. »

Sentence populaire juive

– 4 –

Tout a commencé il y a des millions d'années. J'ai tout vu. J'étais présent au moment du premier jour. En ce temps où l'homme, la femme, ne faisaient qu'un seul et même être.

Depuis qu'ils furent arrachés l'un à l'autre, ils s'efforcent de reconstituer le noyau originel. Ils s'accouplent, vivent sous le même toit, dans l'espoir secret de faire durer le plus longtemps possible ce bonheur retrouvé. Hélas, c'est de leurs retrouvailles que découle le danger de se perdre.

Vivre en couple au quotidien est une gageure. Il est bien connu qu'il est plus facile d'être amant que mari, par la raison qu'il est plus difficile d'avoir de l'esprit tous les jours que de dire de jolies choses de temps en temps. De même, il est plus aisé d'être amante qu'épouse, par la raison qu'il est plus facile d'accueillir les caresses que de les prodiguer.

Dis-toi que le grand péril qui guette les couples, c'est la certitude. Cette notion d'acquis qui nous pousse à croire que l'autre est notre propriété, qu'il ne nous quittera jamais. La certitude ressemble à la vague qui, jour après jour, bat la falaise et la ronge lentement mais inexorablement. Un matin, la falaise s'écroule et ne reste que de la poussière de roche. Il en est ainsi des couples trop sûrs d'eux-mêmes et des amours qui vivent faussement rassurés. Ce n'est un secret pour personne que l'amour naît dans le doute et meurt dans la trop grande certitude. Mon ami, ma sœur, mon frère, si elle venait à surgir, chasse de sous ton toit la trop grande certitude...

Du couple et du mariage

« Celui qui acquiert une femme a le principe de la fortune, une aide semblable à lui, une colonne d'appui. Faute de clôture, le domaine est livré au pillage ; sans une femme, l'homme gémit et va à la dérive. »

Ecclésiastique [1]

« Aimez-vous l'un l'autre, mais ne faites pas de l'amour une alliance qui vous enchaîne l'un à l'autre. Emplissez chacun la coupe de l'autre, mais ne buvez pas à la même coupe. Dressez-vous côte à côte, mais pas trop près. Car les piliers qui soutiennent le temple se dressent séparés, et le chêne ne s'élève point dans l'ombre du cyprès. »

KHALIL GIBRAN, *Le Prophète*

1. Ne pas confondre avec *L'Ecclésiaste* ; Ben Sira, dit « Le Siracide », est l'auteur de l'*Ecclésiastique*, livre de sagesse qui a longtemps joui d'un statut quasi canonique dans la tradition juive, jusqu'au jour où, vers le XIIIe siècle, il fut rayé de l'index.

« Malheur à l'homme seul ; car lorsqu'il sera tombé, il n'aura personne pour le relever. »

L'Ecclésiaste [1]

« Qui se marie dans l'obscurité, divorce à la lumière du jour. »

Proverbe juif

« Un divorcé qui épouse une divorcée et voilà quatre pensées présentes sur le lit. »

TALMUD, *Le Livre de Ruth*

« Étends ton mari comme du linge sur la terrasse : si ton destin est de le garder, il ne se perdra pas. »

Proverbe égyptien

« Le mariage est parfois un enfer s'il y a chambre commune ; chambres distinctes, ce n'est plus que le purgatoire ; sans cohabitation, il serait peut-être le paradis. »

Sentence populaire

De l'union de l'homme et de la femme naîtront les enfants. Te dirais-je que l'enfant c'est la vie ? Tu le sais bien sûr. De même, n'es-tu pas sans savoir que l'enfant ne voit que lui, n'aime que lui, et ne souffre que de lui : qu'il est le plus

---

1. *Livre de l'Ecclésiaste* (Qôhéléth). Il aurait été rédigé au IIIe siècle av. J.-C. On identifie « L'Ecclésiaste » au roi Salomon.

grand, le plus innocent et le plus angélique des égoïstes.

Si tu n'en as point, aspire à en avoir. De quelque manière que ce soit. Il existe tant d'orphelins dans l'univers, que pour les accueillir, l'univers tout entier ne serait pas de trop. Si tu en as, aspire à les aider à croître dans le bonheur. Car je crois que la pire des injustices que l'on puisse commettre est la souffrance infligée à un enfant ; qu'elle soit morale ou physique. Qu'elle soit le fait de sa propre famille ou celle de simples étrangers.

Au seuil de sa vie, un enfant n'est qu'innocence. Il ne demande qu'à aimer et être aimé. Il l'exige même. Tout ce que tu lui diras, il le croira. Tout ce que tu lui enseigneras grandira en lui. Prends garde de ne jamais piétiner les allées de son jardin. Et sois convaincu que chaque grain d'amour que tu lui auras donné, il saura le moudre et le multiplier pour en nourrir un jour la terre tout entière.

Des enfants

« La naissance de l'enfant déchire le sein maternel. La naissance de l'homme déchire l'univers. »

DJALÂL AL-DIN RÛMÎ, *Le Mesnevi*

« Jésus dit alors : "Laissez les petits enfants et ne les empêchez pas de venir à moi ; car c'est à leurs pareils qu'appartient le Royaume des Cieux." »

JÉSUS, *Évangile selon saint Mathieu*

« L'odeur de l'enfant émane du paradis. »

Proverbe populaire

« Les enfants sont la parure de la vie d'ici-bas. »

Sourate, XVIII, 46

« Aux yeux de sa mère, le singe est une gazelle. »

Proverbe populaire égyptien

« Nos enfants sont nos cœurs à qui viennent des pieds et qui se mettent à marcher. »

HATTAN IBN AL-MU'ALLA

« J'ai entendu l'Envoyé de Dieu prononcer ces paroles : "Dieu récompensera au centuple la bonté ; il en a réservé auprès de lui les quatre-vingt-dix-neuf centièmes et il en a laissé seulement un centième sur terre. C'est en vertu de ce centième que tous les êtres seront animés d'un sentiment de bonté, si bien que le cheval écartera son sabot de l'enfant de cette femme dans la crainte de le blesser." »

HADITH

De l'éducation des enfants

« Vos enfants ne sont pas vos enfants. Ils sont les fils de la Vie qui a soif de vivre encore. Ils voient le jour à travers vous, mais non à partir de vous. Vous pouvez leur donner votre amour, mais non point vos pensées, car ils ont leurs propres pensées. Vous pouvez accueillir leurs corps, mais non leurs âmes. Car leurs âmes habitent la demeure de demain que vous ne pouvez visiter, même dans vos rêves. »

KHALIL GIBRAN, *Le Prophète*

« Prends garde de n'élever tes enfants comme s'ils devaient rester toute leur vie des enfants, sans penser qu'un jour ils deviendront des pères. »

HATTAN IBN AL-MU'ALLA

« Celui qui a un enfant, qu'il se fasse enfant pour lui. »

HATTAN IBN AL-MU'ALLA

« Éduquer un enfant, c'est comme graver dans la pierre. »

Proverbe populaire

« Quand tu vois un orphelin accablé de tristesse, garde-toi de baiser avec amour le front de ton fils. »

DJALÂL AL-DIN RÛMÎ, *Le Mesnevi*

« Quel droit ont les parents sur leurs enfants ? demanda un homme au Prophète. Ils sont pour toi le paradis et l'enfer, répondit-il. »

HADITH

« Quiconque assure l'éducation d'un orphelin devient son père. »

Proverbe juif

Un enfant est comme un arbrisseau, pour qu'il pousse droit et se métamorphose un jour en cèdre, il lui faut des tuteurs. Un père, une mère, une famille. Mais il existe mille et une formes de famille. Et la meilleure n'est pas nécessairement celle où l'on a vu le jour. Parfois, même de s'en séparer devient une libération. Se détacher d'une famille où ne prévalent que l'oppression et l'aveuglement, c'est comme se débarrasser d'une enclume plaquée sur le cœur ; à peine libéré de ce poids inutile, nous devenons oiseau, aigle, et nous nous élevons enfin vers les cimes.

Une famille c'est avant tout une communion des pensées, l'harmonie du cœur et de l'esprit. C'est regarder dans la même direction.

Si les êtres de ton sang participent à ton bonheur et à ton épanouissement, garde-les comme un bien précieux, un trésor incomparable ; si, au contraire, ces êtres ne sont que critiques à ton endroit, ne cherchant à faire de toi qu'un double d'eux-mêmes, irrespectueux de ton identité et de tes aspirations, alors quitte-les, sans état d'âme, et choisis ta propre famille. Tu la trouveras, sans nul doute. Dans les rues de Samarkand ou ailleurs. Chez les gueux ou dans l'ombre des princes. Elle saura t'accueillir. Elle te gardera et tu l'aimeras parce que tu l'auras élue, parce que votre union ne sera pas uniquement le fait du hasard.

De la famille

« Souvent un frère pour toi est quelqu'un que ta mère n'a pas enfanté. »

MUHAMMAD AKBARADBÂDÎ

« Si le gendre est bon, tu as gagné un fils ; s'il est mauvais, tu as perdu une fille. »

Proverbe juif

« Quel bien as-tu fait à ton père afin que tu en attendes tout autant de ton fils ? »

SAADI, *Débat sur l'amour*

« La serrure protège la porte. La sagesse protège la fille. »

Proverbe marocain

« Un garçon peut devenir prince. La fille deviendra mère. »

Proverbe kurde

« Pour entretenir la parenté, il faut l'investir d'amitié, alors que l'amitié se passe de parenté. »

Proverbe populaire

« Le père est domination, l'oncle est détresse, le frère est piège, l'enfant est peine et les proches des scorpions. »

Proverbe populaire

« Pour celui qui perd son mérite personnel, le mérite de son père n'est d'aucune utilité. »

QOSS IBN SAÏ'DAH

À l'instant où je te parle, un groupe d'hommes vient de traverser la place d'El-Djazal. Ils portent un cercueil recouvert d'un drap blanc et se dirigent vers le cimetière de Bab el Kamar, non loin de l'ancien hippodrome de Sâmarrâ. Les lamentations des pleureuses percent le silence de la nuit.

Étrange paradoxe que la vision de ce cortège funèbre, alors que j'étais en train de te parler de l'enfant, de la famille, par conséquent de la vie.

Mais au fond, qu'est-ce que la vie sinon la face cachée de la mort ? Que pourrais-je te transmettre sur cet instant funeste qui ramène les hommes à leur égalité ? Princes, mendiants, nul ne peut fuir ce rendez-vous donné par le Créateur depuis l'exil d'Adam. De même que le muezzin appelle les fidèles à la prière, Azraël, l'ange de la mort, convie les vivants à la dernière heure. L'instant n'est pas des plus heureux. Mais si l'âme est prête, la douleur sera moins profonde. En vérité, si partir est éprouvant, être témoin du départ de ceux qu'on aime est bien plus poignant encore.

Pour parler de cette dernière heure, je ne peux que m'effacer devant les propos d'un homme qui me ressemble, un errant, comme moi, qui, de la Ville Ronde à Alep a parcouru les sentiers poussiéreux de l'Orient. Je veux parler d'Abou Zayd, surnommé « Le Malin ». Le vagabond de génie. Écoute ce qu'il dit sur la mort. Et n'oublie jamais :

De la mort

« Ô toi, qui prétends comprendre toute chose jusques à quand agiras-tu de la sorte, ô frère de la conjecture ? Tu emplis ton outre des péchés et des vices que tu as observés chez les autres et commets toi-même multitude d'erreurs.

Aucune difformité n'est-elle visible à tes yeux ? Tes cheveux blancs ne te préviennent-ils pas de la fuite du temps ?

Tu ne peux douter de leurs avertissements. Tu n'es pas sourd au point de ne pas les entendre.

La mort ne te lance-t-elle pas de loin son appel ? Sa voix n'est-elle pas parvenue jusqu'à ton oreille ?

Ne crains-tu pas la perte irrémédiable de l'occurrence offerte d'en tenir compte et de faire tes préparatifs ? Combien de fois hésiteras-tu dans ta marche vers le but suprême ? Combien de fois, par inconscience, prendras-tu une attitude superbe ?

Combien de fois pencheras-tu pour les distractions, comme si la mort ne fauchait pas tous les hommes ? Quand cesseras-tu d'errer ça et là en repoussant le moment où il te faudra réfléchir ?

Réfléchir aux empreintes que tu as laissé s'accumuler en toi, à tes vices dont le nombre a grossi.

Si tu as offensé ton Seigneur, ta conduite ne te cause-t-elle pas de l'angoisse ?

Quand ton projet, de réussite devient échec, tu brûles de désespoir, et quand brillent devant tes yeux les inscriptions gravées sur la pièce d'or, tu tressailles de joie, alors que le brancard d'un défunt passant devant toi ne provoque rien sinon la comédie de la tristesse. Tu fais fi de celui qui te conseille en toute franchise, tu te détournes de lui et tu prends un autre chemin, alors que tu te soumets aux ordres de qui te trompe et te raconte mensonges et médisances.

Tu t'efforces d'alimenter la passion charnelle et ruses pour grappiller quelque argent, alors que tu oublies l'obscurité qui t'entourera dans ton tombeau et ne songes pas à ce qui t'adviendra ensuite.

Si la chance ne t'avait pas souri, tu n'aurais pas lancé œillades qui n'étaient qu'appels à l'amour interdit. Tu n'aurais pas fait grise mine devant les pieux discours qui effacent le deuil.

Jusqu'au Jugement dernier tu seras repoussé. Ce ne seront plus des larmes ordinaires que tu verseras, mais des larmes de sang.

La tribu à laquelle tu t'attaches ne te sauvera pas du désastre, ni ta parenté avec tel oncle paternel ou maternel.

Déjà, il me semble te voir tomber dans un gouffre, vers le sépulcre où tu seras enfermé.

Tes proches t'auront abandonné dans ce passage qui, pour toi, sera plus étroit que le chas d'une aiguille.

Dans ce séjour, ton corps étendu, sans vie, sera livré aux vers avides, jusqu'à ce que sa complexion se fasse déliquescente et ses os totale pourriture.

Ensuite, ce sera la préparation au rassemblement général de l'humanité en vue du jugement sans recours aucun, avec un pont étroit jeté par-dessus un gouffre de feu pour seul passage vers le Paradis.

Combien de gens, allant sur la voie de rectitude, vont alors s'égarer ! Combien de puissants vont s'avilir !

Combien de savants en science religieuse erreront, disant : "Le cas est trop compliqué pour que je trouve une solution !" »

AL-QÂSIM AL-HARÎRÎ, *Le Livre des Malins*

« De la Terre à Saturne, j'ai résolu tous les problèmes, j'ai évité pièges et embuscades, j'ai défait chaque nœud, sauf celui de la mort. »

OMAR KHAYYAM, *Les Robayyat*

« Nous ne sommes que des pions aux mains du Ciel. Pour se distraire, Il nous déplace. Ce n'est pas ici métaphore, il est le Maître, seul il joue. Sur l'échiquier de l'existence, il nous pousse sans nous connaître, puis il nous jette dans l'étroit cercueil du néant. »

OMAR KHAYYAM, *Les Robayyat*

« Mon âme, ensemble nous formons les deux branches d'un même compas. Et bien que nous ayons deux pointes, nous sommes un même corps. Nous tournons sur l'une des pointes pour ne décrire qu'un seul cercle, jusqu'au jour final qui verra nos deux branches s'unir. »

OMAR KHAYYAM, *Les Robayyat*

« La mort serait-elle plus intelligente que la vie pour être la seule à ne pas faire de différence entre les hommes ? »

BEN GOURNO

« Peut-être existe-t-il une tombe qui fut deux fois tombe et qui se rit de voir des hôtes si différents ; de voir dans la suite des âges un cadavre enterré sur les restes d'un autre enterré. »

MA'ARI

« Le sommeil de la mort permet au corps de se reposer. La vie n'est rien qu'une insomnie. »

MA'ARI

Conseils pour mieux vivre la mort

« Dépêche-toi, ô toi l'homme sans expérience, d'accomplir les actes qui rendent doux ce qui est amer.

Ta vie est près de s'éteindre et toi tu n'abandonnes pas encore ta conduite blâmable.

N'accorde pas ta confiance aux situations que t'offre le siècle, même faciles ou agréables, car tu tomberas dans le piège, comme celui qu'abuse l'amabilité glissante de la vipère qui, pourtant, distille un venin. Modère ta morgue envers les plus humbles car la mort est sur le point de venir à ta rencontre.

Elle s'en vient vers le haut de ta gorge. Impossible de l'arrêter quand elle a pris son élan.

Garde-toi de te renfrogner aux moments où la chance te sourit.

Quand tes mots se cabrent sous le fouet de la colère, tiens-leur la bride serrée. Heureux celui qui contrôle son langage !

Apaise l'homme dans l'affliction et fais-lui confiance en écoutant ses plaintes.

Ennoblis l'action la plus modeste.

Par du solide remplace les haillons, en donnant un peu plus qu'il n'est suffisant.

Ne t'attriste pas s'il te manque quelque chose, et n'amasse pas le superflu par réflexe d'avarice.

Ne t'habille point de loques par calcul et habitue ta paume à s'ouvrir souvent pour donner.

Ne prête pas l'oreille à qui blâme ta prodigalité et guéris ta main de l'habitude avaricieuse.

Fais pour toi provision d'actions bienfaisantes et délaisse les mauvais procédés qui peuvent engendrer un dommage. Prépare ta nef pour le voyage des fins dernières, et crains le vacarme de la tempête.

Ami, voilà les conseils que l'on m'a donnés. À mon tour, je les dispense, tel un homme aux intentions pures. Heureux celui qui s'en retourne le soir, muni des recommandations que je viens de proférer. »

AL-QÂSIM AL-HARÎRÎ, *Le Livre des Malins*

« Celui qui s'est préparé tôt pour la nuit n'est pas surpris par les ténèbres. »

HALIL SARKIS, *Statue*

« S'il fallait à tout prix mourir un jour, mourons de courage et non de couardise. »

AL-MUTANNABI

De la vie après la mort

« Quelle graine n'était enfouie dans la terre qui n'en a surgi ?

Pourquoi doutes-tu de la semence de l'homme ? »

SULTÂN VALAD

– 5 –

J'observe les étoiles, le cœur tout à coup serré, l'âme au bord des lèvres. Évoquer la mort, c'est-à-dire le terme d'un voyage tout en ignorant s'il se poursuivra ailleurs, n'est jamais chose aisée. Pourtant, maudit par les dieux, je sais que la mort m'évite, alors que je l'ai longtemps implorée. Mais comment réagirais-je le jour où elle se présentera à ma table ou à mon chevet, sur une route désertique, dans le vacarme d'une cité ou dans la tiédeur tranquille d'une mosquée ? Quels mots trouverais-je pour l'amadouer ? D'ailleurs, me répondra-t-elle ? Je l'ai narguée plus d'une fois, mais ce soir, pourquoi te mentirais-je ? quand elle s'avancera je sais que l'effroi s'emparera de moi. Ceux qui affirment ne point redouter la mort sont des menteurs ou alors ils ignorent la signification du verbe mourir. Ou alors sont-ils déjà morts, mais ne le savent pas.

Sais-tu que les marins pêcheurs de la mer des Khazars refusent d'apprendre à nager afin de ne pas défier la mer ? Je crois que j'ai fait de même.

J'ai refusé d'apprendre à vivre de crainte que la vie me soit ôtée. Je suis néanmoins convaincu que le seul recours, au jour du rendez-vous final, sera l'idée de l'existence de Dieu. D'un Dieu, quel qu'il soit. Quel que soit le nom que d'aucuns lui prêtent. Qu'il soit celui du Prophète, de Jésus ou d'Abraham ou même d'une tribu barbare, égarée dans les abysses de l'Afrique. Je l'accepte tel qu'Il est, d'où qu'Il vienne, où qu'Il soit. Un vieux sage m'a murmuré un jour : « Le cœur n'apprend que par la souffrance ; Dieu ne s'apprend que par le cœur. » Toutes les tentatives accomplies par les hommes pour trouver Dieu ne furent, ne sont et ne seront que de vains balbutiements ; autant demander à une table de raconter le charpentier.

La face voilée, les hommes ont cherché à faire main basse sur le Créateur pour mieux verser le sang en son Nom. « C'est mon Dieu ! jurent les chrétiens. C'est le mien ! affirment les enfants de l'islam. Vous êtes dans le faux, assènent les israélites, c'est le nôtre ! »

Le Très-Haut leur pardonnera-t-Il jamais d'avoir cherché à l'enfermer entre les murs de leur suffisance ?

L'homme, aveuglé par son orgueil infini et peut-être aussi poussé par sa désespérance, l'homme exige un nom, un lieu, une identité, trahissant en cela la sublime réponse reçue dans le Sinaï par Moussa, le Moïse des Hébreux, lorsque celui-ci interrogea le Tout-Puissant devant le buisson ardent : « S'ils me disent : "Quel est ton nom ?", que leur dirai-je ? »

Et il lui répondit : « Je serai ce que je serai... »

Ne crois qu'en un Dieu sans nom et libre... un Dieu sans patrie, sans autre demeure que la maison des astres, sans autres limites que celles de l'univers. Un Père aux bras écartelés, pour mieux accueillir tous les enfants, sans distinction de couleur ou de race.

De la connaissance de Dieu

« Je cours brûler le paradis et éteindre l'enfer pour qu'il ne reste que LUI. »

RABI'A AL-ADAWIYYA

« Dieu le créateur n'a pas besoin du monde. Homme ! c'est pour toi que le ciel et la terre furent créés. »

FIRDUSI, *Le Livre des Rois*

« Dieu a donné à tout phénomène une cause, à toute cause une raison, à toute raison une détermination. »

ABDALLAH IBN MUQAFFA, *Kalilah wa Dimmah*

« Nul ne voit Dieu que Dieu. »

HAMZA FANSÛRÎ

« Tu ne le chercherais pas s'il ne t'avait déjà trouvé. »

DJALÂL AL-DIN RÛMÎ, *Le Mesnevi*

« Dieu est fait pour moitié de glace et pour moitié de feu ; or, ni l'or ni la glace n'éteint le feu, ni le feu ne dissout la glace. »

HADITH

« Qui ne sait pas exprimer à ses semblables sa gratitude ne saura pas le faire vis-à-vis de Dieu. »

HADITH

« Tiens à Dieu, tu le trouveras devant toi. Reconnais Dieu dans l'aisance, il te reconnaîtra dans la détresse. Sache que ce qui n'a pas pu te nuire n'était pas de nature à t'atteindre et ce qui t'a atteint n'était pas de nature à t'épargner. Sache aussi que la victoire est le fruit de la patience, que la délivrance est consécutive à l'affliction et que la détresse laissera toujours place à la félicité. »

HADITH

« Dites : "Nous croyons en Dieu, à ce qui nous a été révélé, à ce qui a été révélé à Abraham, à Ismaël, à Isaac, à Jacob et aux tribus, à ce qui a été donné à Moïse et à Jésus ; à ce qui a été donné aux prophètes de la part de leur Seigneur. Nous n'avons pas de préférence pour aucun d'entre eux ; nous sommes soumis à Dieu." »

Sourate, II, 136

« Lors d'un de mes voyages, je rencontrai une femme et lui demandai quelle est la fin de l'amour. "Imbécile, s'écria-t-elle, l'amour n'a pas de fin.” Je demandai : “Pourquoi cela ?” Elle répondit : “Parce qu’Allah est sans fin.” »

DHÛ’L-NÛN AL-MASRI

« Tout bien qui t’arrive vient de Dieu ; tout mal qui t’atteint vient de toi-même. »

Sourate, IV, 79

« Si nous ne commettions pas de péchés, Dieu aurait créé d’autres humains qui auraient péché et auxquels Il aurait accordé son pardon. »

HADITH

« En résumé, aucune chose ne peut persévérer par elle-même dans l’existence, excepté Celui qui subsiste Éternellement Vivant, Subsistant par lui-même, et tout ce qui est autre que Lui ne subsiste que par Lui. Si celui qui s’aime se connaît lui-même, il saura que son existence ne tire pas sa plénitude d’un autre que Lui. C’est une nécessité qu’il aime celui qui crée la plénitude de son existence, qui la conserve, qui subsiste par lui-même et sans lequel aucune existence ne peut être ignorance de soi-même et de son Seigneur. L’amour est le fruit de la connaissance. »

AL-GHAZALI

« Celui qui n’a ni feu ni lieu peut résider en toute ville. Le pauvre trouve sa demeure partout où la nuit le surprend. L’homme sans maison, sans famille, qui n’a rien hors l’amour de Dieu, ne l’appelle donc pas mendiant, car le prince est son mendiant. L'homme de Dieu n'est étranger ni au levant ni au ponant, car en quelque endroit qu'il se rende, le royaume de Dieu est le sien. »

SAADI, *Le Gulistan*

« Celui qui marchait dans les ténèbres des nuits observa les étoiles et alluma la lampe. Jusqu'au moment où, la pleine lune dirigeant sa lumière, il délaissa les étoiles et attendit d'être au matin. Jusqu'au moment où, l'obscurité s'étant entièrement dissipée et ayant vu l'aurore briller à l'horizon. Il délaissa les lampes, toutes les étoiles et la pleine lune, et guetta la lumière éclatante. »

IBN ARABI, *Profession de foi*

« Parfois je tombe dans les mers, vague furieuse je déborde je tombe aux mains des ignorants qui m'achètent à bas prix.

Parfois je monte vers les cieux et je deviens la roue du destin.

Parfois je m'enfle avec la lune, parfois je tourne avec le soleil.

Parfois je monte à l'Arafat [1], je dis “Me voici”, je me découvre.

Parfois je remplace la victime, bélier, je me laisse immoler.

Parfois soufi dans le couvent, parfois pécheur dans la taverne.

Parfois danseur dans la ronde je tourne, parfois le luth dont on joue.

---

1. Lieu de prière au nord de La Mecque.

Parfois prudent, parfois impétueux, dans la foule je me confonds

Parfois seigneur, parfois faucon royal je chasse et me fais chasser

Parfois océan, parfois lac, parfois sultan, parfois esclave,

Parfois printemps, parfois rose de main en main je m'effeuille.

Il n'y a ni relais ni halte, ni corps ni être humain

À part Dieu en somme, il n'y a rien, alors dites-moi où je tourne ? »

Echrefoghlou Roumi

« Jaafar Ibn Muhammad répondit quand on lui reprocha sa générosité excessive :

— Dieu a une certaine habitude avec moi et j'ai une certaine habitude avec Lui. Je crains qu'en changeant d'habitude il ne vienne à en faire de même. »

Sentence populaire

« Il advint qu'un vieil homme décidât un matin d'entreprendre un long voyage à travers le désert afin de retrouver les siens. Perclus de rhumatisme, rongé par la maladie, il se tourna vers Dieu et lui dit : "Dieu Tout-Puissant, il s'avère que je fus toujours un incroyant. Un infidèle, un moins que rien. Jamais au cours de ma vie je ne t'ai invoqué ; jamais je n'ai levé mon visage vers toi. Mais aujourd'hui, alors que m'attend ce périlleux voyage, j'ai besoin de ta protection. Si tu existes, soutiens mon effort. Si tu existes, mène-moi jusqu'au terme de mon périple, car seule une aide divine pourrait me permettre d'accomplir un tel effort."

Dieu, dans son infinie miséricorde, entendit la prière du vieil homme et lui répondit : "N'aie crainte. Je te soutiendrai. Lorsque tu avanceras dans le désert, tu apercevras la trace de mes pas, dans le sillage de tes pas."

Le vieil homme rendit grâce au Très-Haut et commença son voyage.

Le soleil était brûlant, comme l'était la terre. Point d'ombre, point d'oasis, nul havre. Les jours passèrent, le vieil homme progressait, se retournant de temps à autre pour s'assurer que les pas de Dieu étaient bien dans les siens.

La fatigue s'accrut. Et ce ne fut plus qu'un long calvaire. Au bout du huitième jour, le vieil homme s'écroula, épuisé, vidé de toutes ses forces. Dans un mouvement devenu familier, il jeta un coup d'œil par-dessus son épaule pour se rassurer. Hélas, à perte de vue, la surface du sable était plane. Plus la moindre trace de la présence divine. Alors, le vieil homme, dans un sursaut d'énergie leva le poing au ciel et se lança dans un discours blasphémateur : "Ils avaient raison ceux qui proclamaient ton absence de mansuétude ! Ils avaient raison ceux qui affirmaient ton peu de miséricorde à l'égard de tes créatures ! Tu m'as abandonné alors que j'avais le plus besoin de toi !"

Un moment de silence succéda aux propos du vieil homme, puis la voix de Dieu retentit audessus du désert : "Homme de peu de foi, quand cesseras-tu de douter ? Tu ne vois plus l'empreinte de mon pas. Et pour cause : voici trois jours que je te porte." »

Conte oriental anonyme

« On ne saurait jamais contempler Dieu directement en l'absence de tout support, car Dieu, en soi, est indépendant des mondes.

La contemplation de Dieu dans les femmes est la plus intense et la plus parfaite, et l'achèvement le plus sublime à cette contemplation est l'acte d'amour. »

IBN ARABI, *Profession de foi*

« Une heure pour ton cœur. Une heure pour ton Dieu. »

Inscription sur le tombeau du calife OMAR

« C'est faux ! Oui c'est faux ! Ta mère a sûrement couché avec un scorpion pour avoir donné le jour à un blasphémateur tel que toi, le Medjdoub !

Je scrutais la foule. Mon accusateur était là, qui pointait son doigt rageur dans ma direction.

— Pourquoi cette invective ? Pourquoi me traites-tu de blasphémateur ?

— De quel droit oses-tu nous commander de croire en un dieu inconnu ! Un dieu qui n'appartiendrait à aucune religion !

— Tu ne mérites pas que je te réponde. Mais il y va de ma grâce. Si Dieu avait voulu que nous eussions une religion quelconque, serait-ce par

des moyens aussi absurdes qu'il nous eût fait part de ses ordres ? Serait-ce par l'intermédiaire d'hommes souvent peu recommandables, qu'il nous eût transmis son enseignement ? S'Il est suprême, s'Il est puissant, s'Il est juste, s'Il est bon, serait-ce par des actions baignées de violence et de sang qu'Il voudrait m'apprendre à le connaître ? Je ne le crois pas. Dieu n'a nul besoin d'intermédiaire. Souverain moteur des astres et du cœur de l'homme, il Lui suffit de nous instruire en se servant de l'amour qu'Il a semé en chacun de nous à la naissance.

Écoute ce qu'en dit le grand Maïmonide : "Il est le maître de tout l'univers et de toute créature ; toutes témoignent de Sa grandeur et de sa Royauté. Dieu est le seul que nous puissions servir et louer. Nous ne pouvons agir ainsi envers qui lui soit subordonné, que ce soit un ange, une étoile, un des éléments ou leur combinaison. Ils ont tous une nature prédéterminée et aucun ne peut disposer d'autorité ou de libre arbitre. Dieu seul possède ces attributs. Il n'est donc pas convenable de servir ces créatures, ni d'en faire des intermédiaires pour nous rapprocher de Lui." »

De la religion

« Marche dans ta religion sous l'étendard de la science. »

ZAMAKHCHARÎ

« Nous avons juste assez de religion pour nous haïr, mais pas assez pour nous aimer les uns les autres. »

Les Mille et Une Nuits

« La philosophie est la compagne de la religion et sa sœur de lait. »

AVERROÈS, *Traité décisif*

« Celui qui interdit l'étude des livres de philosophie à quelqu'un qui est apte, parce qu'il juge que certains hommes sont tombés dans l'erreur pour les avoir étudiés, nous disons qu'il ressemble à celui qui interdirait à une personne altérée de boire de l'eau fraîche, quitte à la laisser et mourir de soif, sous prétexte que des gens, un jour, se sont noyés. »

AVERROÈS, *Traité décisif*

« Pas de contrainte en religion. »

Sourate, II, 257

« Je préfère le mérite du savoir à celui des dévotions. »

HADITH

« Et la prière ? interroge une autre voix. Que fais-tu de la prière si tu occultes les religions !

— La prière est indifférente aux religions. Lorsque, enfant tu sollicitais le secours de tes parents, songeais-tu à passer par le voisin ?

Certes non. Lorsque tu souffrais et que la fièvre brûlait ton corps, invoquais-tu ton cousin ? Non. Tu gémissais seulement en appelant ta mère ou ton père pour qu'ils se précipitent à ton chevet. Nul besoin d'intercesseur lorsque l'amour est présent entre les êtres et leurs géniteurs. Nous sommes les enfants d'Allah. La voie qui mène à Lui est un chemin droit qui va de tes lèvres à son oreille. D'ailleurs, tu gagneras bien plus de temps en l'interpellant directement plutôt que de passer par un émissaire.

Crois en la puissance de l'invocation. Et tu obtiendras l'aide que tu souhaites. Crois de toutes tes forces, sans faillir, et Il te tendra la main. Souviens-toi des propos de Yéshouah. Que disait-il à son entourage ? "Demandez et l'on vous donnera ; cherchez et vous trouverez ; frappez et l'on vous ouvrira. Car quiconque demande reçoit ; qui cherche trouve ; et à qui frappe on ouvrira." Quel est d'entre vous l'homme auquel son fils demandera du pain, et qui lui remettra une pierre ? ou encore, s'il lui demande un poisson, lui remettra-t-il un serpent ? Si donc vous, qui êtes mauvais, vous savez donner de bonnes choses à vos enfants, combien plus votre Père qui est dans les cieux en donnera-t-il de bonnes à ceux qui l'en prient ! »

De la prière

« Il y avait un homme qui, chaque nuit, mangeait des friandises en invoquant le nom de Dieu. Un jour, Satan lui dit :

“Ô homme sans dignité, tais-toi ! Jusqu’à quand répéteras-tu le nom de Dieu ? Tu vois bien qu’il ne te répond pas !”

L’homme eut le cœur brisé par ces paroles et ce fut dans cet état d’esprit qu’il tomba dans le sommeil. Il fit alors un rêve et vit Élie qui lui disait :

“Pourquoi as-tu cessé de répéter le nom de Dieu ?”

L’homme répondit :

“C’est parce que je n’ai eu aucune réponse et j’ai craint qu’il ne m’ait chassé de sa porte !”

Élie dit alors :

“Dieu nous dit : ’C’est parce que j’ai accepté ta prière que je continue à t’entretenir dans cette préoccupation.’ Ta crainte et ton amour sont des prétextes pour entretenir ton intimité avec Dieu. Le seul fait que tu continues à prier t’annonce que tes prières sont acceptées.” »

DJALÂL AL-DIN RÛMÎ, *Le Mesnevi*

« L’ascétisme, chez un autre que celui qui sait, est une sorte d’opération commerciale, comme si l’on achetait, avec les biens de ce monde, ceux de l’autre vie. »

AVICENNE, *De la connaissance*

« De tous les facteurs d’unité entre les hommes, il est certain que la religion — hélas — est le facteur le plus puissant. »

YOUAKIM MOUBARAK

– 6 –

La nuit se prolonge et la foule autour de moi forme désormais un grand cercle. Le sultan sommeille dans son palais. Le fleuve poursuit sa course sous l'œil indifférent des étoiles.

Que d'injustices en ce royaume ! Prévarications, traîtrises, tyrannie, mort et oppressions, calomnies, violences, honneurs bafoués, mépris de l'humain ! Depuis que le sultan Abdel-Rahman règne sur Baghdad et ses alentours, il ne s'est pas levé un jour de bonheur pour mes frères. La vie est faite d'amertume et le goût du miel a déserté les lèvres. Mais je sais que les choses ne sont guère différentes dans les autres pays. Nous vivons des temps difficiles où n'existent plus de place pour les humbles et les infortunés. Ainsi que l'écrivait le défunt Youssouf Mourad, dans Al-Majallat *: « Les muscles des hommes politiques sont devenus plus puissants que leurs cœurs. » L'or et l'argent, le profit sans limites et surtout sans partage, voici les nouvelles règles des princes qui nous gouvernent. Même les chiens désertent la Ville Ronde à la recherche* *d'une âme consolatrice. Y a-t-il plus effroyable qu'un tyran ? Si ! un tyran à face humaine qui feint d'agir pour le bien de son peuple. S'il t'arrive un jour de tenir les rênes du pouvoir, n'oublie jamais de relire les anciens. Ceux qui ont refusé le pouvoir de peur qu'il ne les dévore...*

Du pouvoir et de la politique

« Le vrai maître d'un peuple est celui qui le sert. »

IBN KHALDOUN, *Discours sur l'histoire universelle*

« Le monarque qui prend les biens de ses sujets, creuse les fondements de la demeure pour enduire le toit. »

ZAHIRI DE SAMARKAND, *Le Livre des sept vizirs*

« Si le sultan ruine les contribuables en leur ôtant les moyens d'exploiter leurs terres, il se conduit comme l'homme qui couperait des morceaux de sa propre chair pour s'en nourrir et assouvir sa faim. »

JAAFAR IBN YAHIÂ

« Aucun despote n'ignore qu'il n'est d'oppression ni d'arbitraires possibles que si les sujets ignares baignent dans la noire ignorance et l'aveuglement trompeur. »

AL-KAWÂKIBI

« Quand on renverse les rois, leurs couronnes deviennent des chaussures et leurs chaussures des couronnes. »

MIKHAÏL NUAYMAH, *Le Crible*

« Être juste une heure de temps, lorsque l'on exerce le pouvoir suprême, vaut mieux qu'adorer Dieu durant soixante années consécutives. »

WAHHB IN MONABBIH

« Aime le travail et hais le pouvoir et ne te fais pas connaître aux dirigeants. »

Chapitre des pères (IIe siècle)

« L'homme le plus prompt à fomenter une révolution est souvent celui qui éprouve le moins de honte à détaler devant l'ennemi. »

AL-AHNAF IBN QAYS

« Dans la nature innée des hommes se trouve le penchant vers la tyrannie et l'oppression mutuelle. »

IBN KHALDOUN, *Prolégomènes*

De l'art de gouverner

« Sache donc que la vie a un but et que le but de la vie est le développement de la ferveur. Or, la ferveur principale est la passion belle dans la foi

Mais nul n'atteint à la ferveur que par une vie

ardente et passionnée. Et vie passionnée peut être vécue et réalisée dans n'importe laquelle des quatre grandes voies de l'humanité : le Gouvernement, le Commerce, l'Agriculture et les Métiers.

« Pour ce qui est du gouvernement, il est nécessaire que ceux-là, les rares qui sont appelés à gouverner le monde, soient doués d'une grande science politique, d'une finesse parfaite et d'une habileté accomplie. Et, dans aucun cas, ils ne doivent se laisser conduire par leur humeur, mais par un haut dessein dont la fin est Allah Très-Haut. Et s'ils réglaient leur conduite sur cette fin, la justice régnerait parmi les humains et la discorde cesserait sur la surface de la terre. Mais, le plus souvent, ils ne suivent que leur penchant et glissent dans les errements irrémédiables. Car, un chef n'est utile qu'en tant qu'il peut être équitable et impartial et empêcher les forts d'opprimer les faibles et les petits : sinon, il est sans nécessité.

« D'ailleurs, le grand Ardéchir, troisième roi des Perses, l'un d'entre les descendants de Sassân, a dit cette parole : "L'autorité et la foi sont deux sœurs jumelles : la foi est un trésor et l'autorité est son gardien."

« Et le Sage a dit : "Le roi doit être le gardien de la foi, de tout ce qui est sacré et des droits de ses sujets. Mais, avant tout, il doit veiller à maintenir l'accord entre ceux qui tiennent la plume et les gens d'épée : car celui qui manque à l'homme qui tient la plume glissera et se relèvera bossu !"

« Le grand Kesra, roi des Perses, écrivit un jour à son fils, à qui il avait confié une armée d'entre ses armées : "Ô mon fils, méfie-toi de la pitié, elle aliénerait ton autorité ; mais n'agis pas non plus avec trop de dureté, car elle ferait fermenter parmi tes soldats, la révolte !" »

Les Mille et Une Nuits

« Un calife dit :

— Indiquez-moi un homme auquel je puisse confier une affaire qui me préoccupe.

— À quels critères doit-il répondre ? lui demanda-t-on.

— S'il vivait parmi les siens sans en être le prince, il devrait être pris pour un prince. Et s'il l'était vraiment, on devrait pouvoir le confondre avec ses sujets. »

Sentence anonyme

« Le roi n'a pas à se mettre en colère, car son pouvoir réside dans le besoin qu'on lui soumet.

Le roi ne doit pas mentir non plus, car personne ne peut le contraindre à aller contre ses propres désirs. Le roi ne doit point être avare, car il n'a pas l'excuse de craindre la gêne.

Le roi ne doit pas céder à la rancune, car sa magnanimité doit l'éloigner d'agir comme le commun des mortels. »

IBN AL-MUQAFFA

« Sache que la vie n'existerait pas sans l'instinct de la vie. Et cet instinct a été placé dans l'homme afin que l'homme puisse, avec l'aide d'Allah, être le maître de lui-même et en profiter pour se rapprocher d'Allah le Créateur.

« Et la vie a été donnée à l'homme afin que l'homme puisse se développer en beauté, tout en se mettant au-dessus des errements. Et les rois, qui sont les premiers parmi les hommes, doivent être les premiers dans la voie des vertus nobles et du désintéressement. »

Les Mille et Une Nuits

« Un messager transporté de joie vint dire à Noûchirevân le Juste : Dieu tout-puissant vient d'enlever au monde votre ennemi. Noûchirevân répondit : Et dans le même temps, as-tu appris que je suis devenu immortel ? »

Saadi, *Le Gulistan*

« Celui qui fait de l'histoire doit connaître les règles de la politique, la nature des choses existantes, les différences entre les nations, les lieux, les époques quant aux conduites humaines, aux caractères, aux coutumes, aux croyances, aux doctrines et à toutes les conditions qui entourent la vie des hommes. Il doit établir toutes ces choses pour ce qui est du présent, faire ressortir les concordances et les contrastes avec le passé, et expliquer les similitudes et les différences. Il doit savoir comment les États et les religions ont été fondés, quelles sont les raisons qui les ont fait triompher, quelles sont les causes qui les ont fait naître et les motifs qui justifient leur existence ; il doit connaître enfin les conditions des hommes qui les dirigent et leur histoire. Il obtiendra ainsi une vue complète sur les circonstances de chaque événement, une parfaite appréhension des fondements de chaque information. »

IBN KHALDOUN, *Discours sur l'histoire universelle*

De la fréquentation des puissants

« Un courtisan rencontra un philosophe qui cueillait des herbes pour les manger et lui dit :

— Si tu te mettais au service des rois, tu n'aurais pas besoin de manger de l'herbe !

Le philosophe répliqua :

— Et toi, si tu mangeais de l'herbe, tu n'aurais pas besoin de servir les rois ! »

Sentence anonyme

« Votre époque est votre sultan. Si vous voulez la rendre bonne, ayez soin de choisir le bon sultan. »

Sentence anonyme

« Celui qui mêle l'argent du sultan au sien ressemble au navire sur la mer ; si les flots entrent dans les flancs du navire, le tout s'engouffre dans le flanc de la mer. »

JAAFAR IBN CHARAF

« Le meilleur Djihad (lutte) est un mot juste adressé à un sultan injuste. »

HADITH

« Tels vous êtes, tels vous serez gouvernés. »

Proverbe du sud Liban

« Si tu veux que l'on t'obéisse, ordonne ce qui est faisable. »

ROUSTEM, IBN DASTÂM, roi perse

« Gardez-vous d'exiger ce dont il faudrait vous excuser. »

HADITH

« Lors d'une séance, le calife Al-Mansour dit aux chefs de son armée :

— Le Bédouin a raison lorsqu'il conseille : "Affame ton chien, il te suit ; gave ton chien, il te mange."

C'est alors qu'Abd Al-Abbas al-Tuci fit observer :

— Ô prince des croyants, crains qu'un autre que toi ne montre un pain et que le chien t'abandonne pour le suivre. »

Proverbe populaire

« Si ta poule se met à chanter comme un coq, égorge-la. »

Proverbe populaire

« Le chien d'un prince est lui aussi prince. »

Proverbe populaire

« Celui qui mange à la table du sultan, risque un jour de se mesurer à son sabre. »

Dicton populaire

« Celui qui a ses entrées chez les rois, qu'il y entre en aveugle et en sorte muet. »

Abdallah Ibn Tâhîr

« Un roi donna l'ordre d'exécuter un innocent. Ô roi, dit le malheureux, prends garde que ta colère ne te fasse mal à toi-même ! Que veux-tu dire ? interrogea le roi. Je dis que mon supplice dans un moment va finir avec moi, tandis que le tien va commencer pour durer jusqu'à ta mort. »

Saadi, *Le Gulistan*

Mais il n'y a pas que les rois et les princes qui gèrent notre destinée. À l'ombre des palais, loin des ors et des fastes, existent aussi des hommes de grand pouvoir. Ce pouvoir — quand il est libéré de toute entrave et de toute influence néfaste — est essentiel pour l'équilibre de la société. Je veux parler des « cadis », les juges ; ces hommes dont le métier est de trancher, de séparer le bon grain de l'ivraie, le jour de la nuit, le criminel de la victime.

C'est une mission ô combien sacrée qu'ils doivent accomplir. Bien juger, c'est se prononcer avec raison et connaissance, loin des influences d'où qu'elles viennent. Il est écrit dans le Grand Livre : « Cessez de juger sur l'apparence ; jugez selon la justice. » Or, rien n'est plus difficile que de juger selon la justice. En toute impartialité.

Des juges

« Laisse-moi maintenant te rapporter quelques paroles des Sages. Sache, ô roi, qu'un cadi, pour rendre un jugement vraiment juste, doit faire la preuve d'une façon évidente, et traiter les deux partis en toute égalité, sans témoigner plus de respect à l'inculpé noble qu'à l'inculpé pauvre ; mais surtout il doit tendre à réconcilier les deux partis entre eux.

Et, particulièrement dans le doute, il doit réfléchir longuement et revenir à plusieurs reprises sur son raisonnement, et s'abstenir si le doute continue. Car la justice est le premier des devoirs, et revenir vers la justice, si l'on a été injuste, est plus noble de beaucoup que d'avoir toujours été juste, et de beaucoup plus méritoire devant le Très-Haut. Et il ne faut point oublier qu'Allah Très-Haut a placé les juges sur la terre pour juger seulement des choses apparentes, et Il s'est réservé pour Lui seul le jugement des choses secrètes.

Et il est du devoir du cadi de ne jamais essayer de tirer des aveux d'un inculpé en le soumettant à la torture ou à la faim. Et d'ailleurs Al-Zahri a dit : "Trois choses font déchoir un cadi, qu'il témoigne de la condescendance ou du respect à un coupable haut placé, qu'il aime la louange, qu'il craigne de perdre sa situation." »

Les Mille et Une Nuits

« Malheur au pays dont les juges méritent d'être jugés ! »

TALMUD

« Ne te querelle jamais avec un juge, ni avec un sot. Le juge trouvera toujours un moyen de te vaincre ; le sot arrivera toujours à te faire éprouver un dommage. »

ABDALLAH IBN AL-ABBAS

« La justice sans religion vaut mieux pour l'ordre de l'univers que la tyrannie d'un prince dévot. »

DJÂMI, *Beharestân*

« L'excès de sévérité produit la haine ; l'excès d'indulgence affaiblit l'autorité. »

SAADI, *Débat sur l'amour*

– 7 –

Mais un peuple choisit-il vraiment son roi ? L'avènement d'un dirigeant n'est-il pas inscrit dans l'histoire même de ce peuple, de la même façon que sont inscrits l'heure, l'année, le lieu d'une rencontre inattendue. Qu'il s'agisse de la découverte d'un nouvel ami, ou d'un nouvel amour, du mal et du bien, de la fortune ou de la misère, tous ces événements qui forment le trémail infini de nos existences ne seraient-ils pas déterminés par avance ? Nous, gens d'Orient, croyons en certaines choses. Des choses que les gens d'Occident considèrent comme absurdes, voire ridicules. Le mauvais œil fait partie de ces croyances, mais aussi et surtout, la prédestination. Les Orientaux sont convaincus que tout a été écrit à l'avance sur le « Manuscrit des étoiles », nos joies, nos peines, nos amours, l'heure de notre naissance et de notre mort. Refusant d'adhérer à cette philosophie, les gens d'Occident préfèrent employer, lorsque se produisent des événements extraordinaires, les mots de Providence, de coïncidence ou encore de hasard. Or, c'est bien connu, le hasard n'existe pas, il est simplement le pseudonyme d'Allah quand il veut conserver l'anonymat.

En vérité, chacun de nous a un rôle à jouer. Souvent, il ne consiste à être qu'un simple inspirateur, parfois un instigateur. C'est ainsi qu'il advient que nous fassions irruption dans la vie de telle ou telle personne, au moment précis où celle-ci est à la croisée des chemins. Volontairement ou non, nous allons influer sur ses choix. Cette personne optera pour telle ou telle direction, et tout son avenir s'en trouvera transformé... Garde en mémoire les mots d'un sage : « Tout ce qui arrive d'important à n'importe qui était imprévu et imprévisible. Lorsqu'on s'est guéri de la curiosité, il reste sans doute à se guérir aussi de la prudence... »

Du destin, *Mektoub*

« Et souviens-toi qu'au cou de l'homme est noué son destin. »

ABOU HAFS HADDAD

« Quand Allah veut qu'une action s'accomplisse, il en donne par avance le pressentiment. Aucun moyen ne peut empêcher la décision de prendre effet ou retarder les conséquences de son jugement. »

AL-FATH ABOU NASR

« Le fatalisme, dépouillé de la notion fâcheuse d'arbitraire, prédispose à l'intrépidité, à la bravoure et aux qualités de courage et de vaillance. »

MOHAMMED ABDOU ABDEL-MALEK

« L'existence n'est pas une donnée, une chose imposée ; nous la concrétisons par l'assentiment que nous lui accordons et par la valeur que nous lui attribuons. »

YUSSÜF MOURAD

« Il n'y a point d'autre science que celle du destin, car moi, avec toute ma science, tous mes manuscrits et mes livres et mon encrier, je ne saurais contrebalancer la force de la Destinée pendant un jour seulement. Et ceux-là qui parieraient pour moi ne pourraient que perdre leurs mises. »

Les Mille et Une Nuits

« Le Prophète a dit : Dieu a préposé aux matrices un ange qui dira : "Seigneur, une goutte de sperme ; Seigneur un caillot de sang ; Seigneur, un morceau de chair." Puis quand Dieu voudra terminer la création, l'ange dira : "Seigneur, un garçon ; une fille ; un malheureux ; un heureux. Quelle sera sa subsistance ? quel sera le terme de sa vie ? Tout cela sera inscrit tandis qu'il sera dans le ventre de la mère." »

HADITH

« Passe la nuit, l'esprit libre. Tandis que ton œil est fermé par le sommeil et sans que tu y songes, Allah trace ton chemin de demain. »

CHEIKH ABU'L-ABBÂS QASSÂB

« Le destin a une main divisée en cinq doigts. Il soumet infailliblement un homme à ses volontés.

Il lui pose deux doigts sur les yeux.

Deux autres dans les oreilles.

Et lui posant le cinquième sur les lèvres, il lui dit :

"Tais-toi." »

SARÎ SAQATI ABOU AL-HASSAN

« Mieux vaut finir sa vie dans les beaux jours que de commencer par eux. »

Dicton berbère

« Quand le destin veut que tu sois enclume, prends patience, et lorsque tu es marteau : frappe ! »

Proverbe populaire

« De bon matin, un homme vint se présenter au palais du prophète Salomon, le visage blême et les lèvres bleuies.

Salomon lui demanda :

"Pourquoi es-tu dans cet état ?"

Et l'homme lui répondit :

"Azraël, l'ange de la mort, m'a jeté un regard impressionnant, plein de colère. Je t'en supplie, commande au vent de m'emporter en Inde pour le salut de mon corps et de mon âme !"

Salomon commanda donc au vent de faire ce que l'homme lui demandait. Et, le lendemain, le prophète demanda à Azraël :

"Pourquoi as-tu jeté un regard si inquiétant à cet homme qui est un fidèle ? Tu lui as fait si peur qu'il en a quitté sa patrie."

Azraël répondit :

"Il a mal interprété ce regard. Je ne l'ai pas regardé avec colère, mais avec étonnement. En effet, Dieu m'avait ordonné d'aller prendre sa vie en Inde et je me suis dit — 'Comment pourrait-il, à moins d'avoir des ailes, se rendre en Inde ?' "

Qui fuis-tu ? Toi-même ? C'est là chose impossible. Il vaut mieux placer sa confiance en la vérité. »

DJALÂL AL-DIN RÛMÎ, *Le Mesnevi*

« Quand les âmes sont grandes, les corps s'épuisent à satisfaire leurs desseins. »

AL-MUTANNABI

« Ta destinée te cherche et te trouvera. »

AL-MUTANNABI

« Souvent un hasard pur vaut bien mieux qu'un rendez-vous sûr. »

Sentence populaire

« La vie d'un homme c'est le souvenir qu'il laisse, non la durée que sa vie a couverte. »

AL-AMIR ABÛ AL-FADL

« Si Allah a prédestiné qu'un homme doit mourir dans un lieu spécifique, il crée dans le cœur de cet homme le besoin de s'y rendre. »

ABOU HAFS HADDAD

« Ce qui est écrit par Dieu sur le front de l'homme, ne saurait être effacé par la main de l'homme. »

ABOU HAFS HADDAD

« Souvent l'aveugle, l'aveugle de naissance, sait éviter la fosse où tombera le clairvoyant, l'homme éclairé. Souvent l'insensé sait éviter la parole qui, prononcée par le sage, causera la perte du sage et du savant. Souvent l'homme pieux, le croyant, souffrira de la misère, alors que l'impie, le fou sera dans la félicité. Aussi ! Que l'homme sache bien son impuissance ! Seule la fatalité règne sur le monde. »

Les Mille et Une Nuits

« La résignation est une faiblesse de l'homme. »

Proverbe kurde

« Ce qui fut, cela sera ; ce qui s'est fait se refera, et il n'y a rien de nouveau sous le soleil. »

L'Ecclésiaste

« Pour tous ceux qui vivent il y a de l'espérance ; et même un chien vivant vaut mieux qu'un lion mort. »

Ecclésiastique

« Si la chance te sourit, pourquoi cours-tu ? si elle ne te sourit pas, pourquoi cours-tu ? »

DHÛ'L-NÛN AL-MASRI

Là-bas, dans le lointain, se devinent les vestiges de Sâmarrâ. De cette cité magnifique, concurrente de Baghdad, ne demeurent que quelques pans de murs. Voilà longtemps déjà que les califes et les princes l'ont désertée au profit de la Ville Ronde. Longtemps déjà que les palais, jadis grandioses, se sont écroulés, victimes de l'ingratitude de ses habitants. Sâmarrâ s'est endormie à jamais.

Certains soirs, on peut entendre les plaintes qui montent des murailles affaissées. Elles disent la douleur de l'absence. Où sont passés les ors des cortèges royaux, et les brocarts, et les chants, et l'écho des chevaux galopant, bride abattue, le long des pistes sablonneuses de l'hippodrome qui faisait la grandeur de Sâmarrâ ?

Les villes meurent comme meurent leurs habitants. D'autres les remplacent avant de s'évanouir à leur tour. Ainsi va la vie. Efforçons-nous de comprendre, d'acquérir enfin la sagesse avant qu'il soit trop tard, avant de ressembler aux cités abandonnées.

Au fond, qu'est-ce que la sagesse ? Un mot vague ? Une ligne de conduite affirmée ? Une philosophie ? Une manière de regarder la vie ?

On raconte que le roi Salomon demanda au Tout-Puissant et avant toute chose la sagesse. Un don qui lui fut accordé et grâce à quoi, il fut capable de parler aux bêtes, de connaître le nom des plantes, des arbres « depuis le cèdre du Liban jusqu'à l'hysope[1] des murailles ».

Pour nous, gens d'Orient, le mot sage veut dire bien des choses. Être sage, c'est avoir l'intelligence des réalités. Ainsi dit-on du roi parce qu'il savait par cœur le nom de tous les quadrupèdes, des oiseaux, des reptiles, des poissons.

Être sage, c'est aussi posséder le don de comprendre les proverbes, les sens mystérieux, les maximes et les énigmes. Le roi sage est tenu aussi pour devin. Être sage, c'est encore « acquérir la justice, l'équité, la droiture », ces vertus qui viennent de Dieu, car « la crainte de Yahweh est le commencement de la sagesse » ; c'est donc, aussi, posséder la connaissance de Dieu.

C'est la sagesse qui fait connaître la disposition du monde, les vertus des éléments, le commencement, la fin, et le milieu des temps.

Hélas, cette vertu ne se transmet pas. Il faut la découvrir soi-même, jour après jour. Parcourir tout seul une longue route avec, tout au bout, l'assurance de la sérénité intérieure...

De la sagesse

« Ô corps dépourvu de raison ! Pour moi, la sagesse vaut mieux que le manger et le dormir. L'homme de sens n'ignore pas qu'un âne dort et mange aussi ; moi donc, homme sensé, j'ai honte de me comporter comme un âne. Je ne resterai pas

1. Arbrisseau à fleurs bleues provenant des régions méditerranéennes. Parce qu'il est tout petit, on a coutume de l'opposer au cèdre.

toujours avec toi, mon corps, dans ce monde, parce que Dieu m'appellera, vers une autre demeure, un jour. Ici-bas, talent et vertus, voilà le vrai travail de l'homme, non le manger et le dormir ; donc à toi ceux-ci ; mais à moi la sagesse et la connaissance. Des créatures innombrables avant moi quittèrent ce monde ; bien que je m'y attarde encore, comptez-moi comme déjà mort. Croyez qu'un jour, comme un oiseau, je m'enfuirai prenant mon vol vers le ciel, sublime coupole, sur les ailes de la prière. »

NASIR

« Les sages ont la bouche dans le cœur. Les fous ont le cœur dans la bouche. »

Proverbe populaire

« Il est des cieux dans le royaume de l'âme qui gouvernent les cieux de ce monde. »

SANA'I

« Sulfian a dit : “La sagesse qui est invisible mais soutient vaut cent fois mieux que l'apparence de la sagesse, car celle-ci doit être elle-même soutenue.” »

Pensée soufie

Conseils pour tenter d'apprivoiser la sagesse

« Ne sois pas trop tendre, on te pressera, ni trop sec, on te brisera. »

ALI IBN ABOU TALEB

« L'ambiguïté de tes désirs est le pire de tes ennemis. Que Dieu te protège de tout ce qui inquiète tes amis et fait rire tes ennemis, de tomber en disgrâce ou de subir un châtiment inattendu. »

HADITH

« Si tu peux marcher sur l'eau, tu n'es pas plus habile qu'une paille. Si tu peux voler dans les airs, tu n'es pas plus habile qu'une mouche. Conquiers ton cœur, alors tu deviendras quelqu'un. »

SOUFI ANSARI

« Ton enfer, plutôt que le paradis d'un autre. »

SOUFI ANSARI

« Ne te mets jamais entre l'oignon et sa peau. »

(Ne te mêle pas des affaires d'autrui.)

Sentence populaire

« Pile l'eau, elle restera de l'eau. »

IBN AL-MUQAFFA

« Quel est le meilleur don qu'un homme puisse posséder ? demanda-t-on à un sage.

— Un bon raisonnement, répondit-il.

— S'il n'en a pas ?

— Une science à apprendre.

— S'il en est privé ?

— Une parole sincère.
— Mais si elle ne lui est pas accordée ?
— Un long silence.
— Et s'il n'y arrive pas ?
— Alors, une mort imminente. »

IBN AL-MUQAFFA

« Ô mon ami, considère les désirs de ton âme et vois quel est leur statut au regard de la Loi. Si celle-ci te prescrit de les accomplir, alors accomplis-les. Si en revanche elle te prescrit de n'en rien faire, alors renonce. Si néanmoins, après t'être interrogé et avoir constaté que, du point de vue légal, il faut t'abstenir, si donc ton désir l'emporte et que tu passes outre, je suis convaincu que sur ce point tu es en tort mais que, cependant, tu seras récompensé pour différentes raisons : parce que tu t'es interrogé sur le statut légal en la matière avant d'accomplir ton acte : parce que ta croyance en la Loi a été assez forte pour que tu te demandes quelle est sa position sur cette question ; parce que tu as eu la conviction, après avoir su que la chose était interdite, qu'il fallait la rejeter : parce que tu t'es appuyé sur le fait qu'Allah est Pardonnant et très Miséricordieux, qu'Il efface les péchés et pardonne les offenses, et que tu as donc eu en l'occurrence une bonne opinion de Dieu ; et aussi parce que tu n'avais pas pour but de transgresser les interdits divins : enfin parce que tu étais convaincu d'avance de ce que te fixaient la prédestination et le décret divin quant à l'accomplissement de cette affaire, comme c'était également le cas dans l'histoire d'Ève avec Adam.

Telles sont les nombreuses raisons pour lesquelles tu seras récompensé en dépit de ta désobéissance car tu n'es coupable que d'un seul point de vue : avoir accompli cet acte qui n'était qu'un désir de l'âme. À ses différentes raisons s'ajoute encore le fait que cet acte t'a affligé car, ainsi que le dit l'Envoyé de Dieu : "le croyant, c'est celui que sa bonne action réjouit, et qu'afflige sa mauvaise action..." »

IBN ARABI, *Profession de foi*

« Que faire, demande un assistant, pour qu'on ait le moins de peine dans la vie ?

— Si un homme de sens, répond le sage, a un cœur patient, il arrivera au contentement. Il sera juste quand il donnera et quand il prendra, et il fermera ainsi la porte de la perversité et de la perdition. Il pardonnera les fautes quand il est le maître, et ne se laissera pas aller à la colère et à l'impatience.

— Ô sage, dit quelqu'un, qu'est-ce qu'un homme de sens approuve le plus ?

— Celui qui cultive son intelligence ne regrette jamais ce qui lui échappe ; et si une chose qui lui est chère est foulée dans la poussière, il ne se laisse pas aller au regret et à la douleur. Il arrache de son cœur tout espoir des choses impossibles, comme le vent arrache les feuilles du saule.

— Quel est le roi que tu juges être le meilleur ?

— Celui qui assure la sécurité de l'honnête homme, dont la voie est la terreur du méchant, dont le trône donne la paix au monde. »

FIRDUSI, *Le Livre des Rois*

« Au moment où la caravane est arrivée pour faire étape, tu as égaré ton chameau. Tu le cherches partout. Finalement, la caravane repart sans toi et la nuit tombe. Tout ton chargement est resté à terre et tu demandes à chacun :

— Avez-vous vu mon chameau ?

Tu ajoutes même :

— Je donnerai une récompense à qui me donnera des nouvelles de mon chameau !

Et tout le monde de se moquer de toi. L'un dit :

— Je viens de voir un chameau roux et bien gras. Il est parti dans cette direction !

Un autre :

— Ton chameau n'avait-il pas une oreille déchirée ?

Un autre :

— N'avait-il pas un tapis brodé sur la selle ?

Un autre encore :

— J'ai vu partir par là un chameau à l'œil crevé !

Ainsi tout le monde te donne un signalement de ton chameau dans l'espoir de profiter de tes largesses. Sur le chemin de la connaissance nombreux sont ceux qui évoquent les attributs de l'inconnu. Mais toi, si tu ne sais pas où est ton chameau, tu reconnais la fausseté de tous ces indices. Tu rencontres même des gens pour te dire :

— Moi aussi, j'ai perdu mon chameau ! Cherchons ensemble !

Et quand enfin vient quelqu'un qui te décrit vraiment ton chameau, ta joie ne connaît pas de bornes et tu fais de cet homme ton guide pour retrouver ton chameau. »

DJALÂL AL-DIN RÛMÎ, *Le Mesnevi*

« Ô sage ! Tu dois longtemps mûrir ton projet, et ne jamais te hâter dans tes résolutions ! Et surtout, quand tu es choisi pour être un juge de la terre.

Ô juge ! Ne juge point avec dureté, et tu trouveras pour toi la miséricorde lors de ton jour fatal.

Et n'oublie jamais qu'il n'y a point sur la terre de si puissante main qui ne puisse être abaissée par la main d'Allah.

Et n'oublie point que l'homme impie et tyrannique trouvera toujours un tyran qui l'opprimera. »

Les Mille et Une Nuits

« Le sage travaille. L'ignorant espère. »

Proverbe populaire

– 8 –

J'ai désiré l'intelligence, et elle ne me fut pas accordée ; j'ai invoqué le Seigneur, et l'esprit de sagesse n'est pas venu en moi.

J'aurais tant voulu savoir ce qui est, tant désiré connaître la disposition du monde, les vertus des éléments, le commencement, la fin, et le milieu des temps. Mais je garde espoir. Désormais, c'est toi qui prendras le relais. Grâce à toi, j'obtiendrai la rédemption de mes péchés et le pardon de mon insouciance.

Si seulement tu retenais ne fût-ce que quelques bribes de ma harangue, quelques syllabes de ces propos rédigés par les anciens, par ceux qui savaient. Alors l'horizon s'éclaircira, les nuages s'évanouiront et me seront révélés les textes que je n'ai pas eu la sagesse de décrypter. Je saurais enfin maîtriser les mots, et je ne m'exprimerai plus à tort et à travers, comme le font les enfants. À la différence que les enfants, eux, proclament des vérités conçues dans l'innocence, tandis que les adultes, dépourvus de sagesse, profèrent des mensonges enfantés dans le faux savoir.

À quoi servirait toute la sagesse du monde si l'on était incapable de maîtriser le verbe. Un sage qui parle trop n'est qu'un sot. Que de mots nous prononçons, jetés en pâture, échappés de nos lèvres sans avoir pris le temps de la réflexion ! Ah ! Si seulement les hommes avaient conscience de l'importance du mot, tant de guerres eussent été évitées, tant d'amours n'auraient point connu la désillusion ou la trahison. Un mot peut réjouir, un autre peut tuer, aussi sûrement que la lame la mieux affûtée. Notre langue est un arc, ainsi que l'écrivait Abou Shakour. « On ne voit pas plus revenir la parole échappée de la bouche que la flèche échappée de l'arc. » Et quand la flèche se plante dans le cœur de l'autre, il est trop tard.

De la parole et des bienfaits du silence

« Si ce que tu veux dire est moins beau que le silence, alors tais-toi ! »

Sentence populaire

« Le malheur de l'humain est sa langue. »

NASSER KHOSROW

« La moindre des qualités que doit posséder un homme d'honneur consiste à garder un secret.

La plus grande qualité consiste à oublier ce secret. »

AL-MOUHALLAB

« Celui qui écoute les médisances est encore plus coupable que celui qui les rapporte. »

Al-Fadl Ibn Sahl

« Entendre est précieux à celui qui écoute. »

Proverbe populaire

« Quand la langue est longue, l'esprit est court. »

Calife Al-Mu'tadi bi'llah

« Si celui qui parle est fou, que celui qui l'écoute soit sage. »

Proverbe marocain

« La langue est le miroir de l'âme. »

Ali Ibn Abou Taleb

« Du mot non dit, tu es le maître. Du mot prononcé, tu deviens l'esclave. »

Proverbe populaire

« Deux choses peuvent nous nuire : se taire quand il faut parler ; parler au lieu de se taire. »

Saadi, *Le Gulistan*

« Le silence est une sagesse ; de lui procèdent toutes les sagesses ; si le fils de la tourterelle ne roucoulait pas, il n'attirerait pas vers lui le fils du serpent qui erre. »

Le Medjdoub

« Ta parole est comme ta fille : sache où la placer. »

Proverbe populaire

« Que jamais la beauté de la parole n'ouvre la voie aux actes répréhensibles. »

MUHAMMAD IBN MANSOUR

Assis sur les marches, j'entends la rumeur du fleuve qui berce la nuit. Le Fleuve qui poursuit sa course, imperturbablement, à l'instar des astres qui le surplombent.

Guerres, folies, gloire, possession. Le fleuve et les étoiles ignorent la rapacité de l'homme. La nature vibre et s'épanouit. Le vent du désert fait danser la chevelure des palmiers. Les oasis sommeillent, tranquilles. Autant de miracles qui se succèdent en parfaite harmonie, loin de la fureur et du bruit.

Ah si seulement nous possédions le même détachement ! Si nous savions prendre nos distances à l'égard de tout ce qui est transitoire. Dis-toi que l'homme n'est pleinement affirmé que lorsqu'il a appris à se désintéresser du superflu. Il ne s'agit pas de démissionner du monde et de s'abriter dans une tour d'ivoire. Non. Au contraire. Se libérer de l'inutile permet de se rapprocher plus totalement de l'essentiel. « De celui qui tend trop avidement vers les biens de ce monde des doigts crochus, la langue populaire dit qu'il est intéressé : c'est le désintéressement, le contraire de cet intérêt, qui est vraiment une haute valeur de l'homme. »

Du détachement

« Dédaigne ce que possèdent les hommes et tu seras aimé des hommes. »

Hadith

« L'esclave est un homme libre s'il commande à ses appétits.

L'homme libre est un esclave s'il est soumis à ses plaisirs. »

Youssouf Ibn Ishaq al-Kindi

« Si la lune est avec toi, ne t'inquiète pas des étoiles. »

Sarî Saqati Abou al-Hassan

« L'ascèse c'est s'alléger de trois fardeaux : les passions, les biens matériels et les relations. Au-dessus des passions on retrouve la sérénité. Détaché des biens matériels, et nous voilà plus riche. Ne point compter sur ses relations : elles sont à notre service. »

Dhû al-Nun

« Le bonheur est dans l'oubli de l'existence. »

Sarî Saqati Abou al-Hassan

« Le véritable honneur est dans la vie de nomade. »

Abdel al-Kader Ibn Muhyi al-din Hassan, *Écrits spirituels*

« Ô toi qui n'as aucune idée du bonheur ! sache que celui qui ne sait pas renoncer à sa vie n'est homme. »

ATTAR, *Le Langage des oiseaux*

« Une maison, un costume, la nourriture d'un jour suffisent à celui qui mourra demain ; plus d'un meurt au milieu de la journée, et la moitié de la nourriture est perdue. »

IBN ABI TALIB ALI

« Un homme éminent, qui avait beaucoup voyagé autour du monde, aimait à dialoguer. On lui dit : "Ô savant compagnon, as-tu vu quelqu'un dont tu veuilles parler ?" Il répondit : "J'ai voyagé dans sept climats, mais dans le monde entier je n'ai vu qu'un homme et demi. L'unité ce fut un homme qui demeurait dans un coin ne disant ni du bien ni du mal de personne. La moitié était un homme excellent en ceci qu'il ne disait des gens que du bien." Tant que le bien et le mal t'accompagnent, tu n'auras ni un cœur clairvoyant ni une âme consciente ; mais lorsqu'ils t'auront quitté l'un et l'autre, ton âme sera absorbée dans le secret de la sainteté. »

ATTAR, *Le Langage des oiseaux*

« Aurais-tu parcouru le monde ? Tout ce que tu as vu n'est rien. Tout ce que tu as pu entendre ou entrevoir, cela n'est rien. Ta vie n'était que passerelle en vain jetée entre deux vides. Sur ton tapis, tu as prié ? Tout cela n'est encore rien. »

OMAR KHAYYAM, *Les Robayyat*

« Je n'ai rien sur la terre qui me pèse ou qui m'attache ; je n'ai ni meubles, ni épouse revêche, ni maison ! Ô mon cœur, tu es léger ! »

Les Mille et Une Nuits

« Malheur à celui que ses cheveux blancs
ont averti et qui s'attache encore
à l'égarement de l'adolescence ! »

AL-QÂSIM AL-HARÎRÎ, *Le Livre des Malins*

« Comporte-toi en ce bas monde comme si tu lui étais étranger ou quelqu'un de passage. »

HADITH

« Pas plus qu'on ne peut se diriger à la fois vers l'orient et l'occident, on ne peut réunir dans une même main l'argent et la gloire. »

ABOU TAMMÂN

Un homme qui a su se détacher des choses terrestres acquiert presque naturellement le sens de la prudence et de la prévoyance. Il voit ce que les autres ne voient pas. Il pressent là où le commun a perdu tout esprit d'anticipation. Pressentir, prévoir, sont des qualités essentielles qui te permettront d'affronter les soubresauts de la vie. À l'instar du marin qui sait lire dans le vent les humeurs de la mer, tu sauras toi aussi te protéger avant que ne se déclenche la tempête.

De la prudence et de la prévoyance

« Dans une querelle ne te méprends pas sur la valeur d'un faible adversaire ; le moucheron n'ensanglante-t-il pas la paupière du lion ? »

AL-MUTANNABI

« Si tu possèdes une maison de verre, prends garde de ne point lancer des pierres. »

Proverbe libyen

« Si tu fraies avec les grains, ne sois pas étonné si un jour tu es mangé par les poules. »

Proverbe libyen

« La temporisation, dont la conséquence pourrait être une bonne occasion manquée, est préférable à la précipitation, dont la conséquence pourrait être un désastre. »

IBN ABI TALIB ALI

« Que celui qui n'a pas de cervelle ait au moins des jambes. »

Proverbe populaire

« Quand un fripon t'embrasse : compte tes dents. »

Proverbe populaire

« Ne bois jamais à la fontaine des princes. »

IBN AL-MUQAFFA

« L'imprudent qui retombe dans sa folie est comme le chien qui retourne à son vomi. »

Livre des proverbes

« La prévoyance et la prudence sont deux montures. Sers-toi indifféremment de l'une ou de l'autre pour atteindre le succès. »

OMAR IBN AL-KHATTÂB

« Lorsque de deux adversaires l'un vient te trouver avec un œil crevé, ne lui donne pas raison avant d'avoir vu l'autre qui aura peut-être perdu les deux yeux. »

IBN AL-MUQAFFA

« Avant de t'enquérir de la maison, informe-toi sur le voisin. »

Proverbe populaire

« Un oiseau dans la main vaut mieux que dix dans l'arbre. »

Proverbe populaire

« Un mouton en éveil vaut mieux qu'un lion endormi. »

Proverbe kurde

« Ne discute pas le prix du poisson qui est encore dans la mer. »

Proverbe kurde

« Qui dort sur un tapis épais croit que l'hiver est clément. »

Dicton berbère

« Un jour un faucon dit à un canard :

"Viens habiter dans la prairie. Tu y connaîtras le bonheur. Quitte ta mare pour venir avec moi."

Le canard répondit :

"Va-t-en ! Pour ceux de notre espèce, l'eau est le château fort de la joie !"

Pour le canard de notre ego, Satan est comme le faucon.

Regardes-y à deux fois avant de quitter ta mare ! »

DJALÂL AL-DIN RÛMÎ, *Le Mesnevi*

« Ne pousse pas à bout le lâche : tu le rendrais courageux. »

IBN HAZM, *Le Collier de la colombe*

« C'est quand il pleut qu'il faut remplir les jarres. »

Proverbe populaire

« Ne chasse jamais un chien sans savoir quel est son maître. »

Proverbe populaire

« L'Arbuste qui produit la rose produit aussi l'épine. »

Proverbe populaire

« Faire des souhaits est le capital de l'homme ruiné. »

Proverbe populaire

« Laisse la place que tu n'es pas capable de remplir. »

Proverbe populaire

« Un œuf que tu as vaut mieux qu'un poulet tu auras. »

Proverbe populaire

– 9 –

Tu me lis, mon frère, ma sœur et, qui sait ? il se peut que mes mots éveillent en toi des sentiments ou des souvenirs embrumés. Car, j'en suis sûr, tu connais ce mélange indéfinissable qui rend l'âme vague et fait le regard lointain. Un mélange fait de tristesse et de mélancolie : le premier sentiment nous fait soupirer ; l'autre nous fait rêver ; la tristesse nous brûle parfois le cœur lorsque nous reviennent les images douloureuses des malheurs passés ; la mélancolie, elle, n'a pas de cause déterminée, c'est une inclination soudaine et incontrôlée à entrevoir la vie derrière un rideau de pluie.

Nul — à moins d'avoir un cœur de pierre ou point de cœur du tout — ne peut échapper à ces états de l'âme. Un moment survient où presque tous les êtres sensibles tombent dans la mélancolie ; ils sont tourmentés d'une inquiétude vague qui se promène sur tout, et qui ne trouve rien qui la calme.

La mélancolie, disait un sage, n'est que de la ferveur retombée. Mais c'est aussi une manière de vagabonder à la recherche de soi-même. Il ne faut pas rejeter ces instants-là, car dis-toi que nous ne valons que ce que valent nos inquiétudes et nos mélancolies.

Du chagrin et de la mélancolie

« On interrogea un Bédouin au sujet des larmes qu'il versait. Il répondit :

— Ne savez-vous pas que les pleurs sont les anges gardiens des cœurs ? »

Sentence populaire

« Le tourment de la présence est pis que celui de l'absence. Dans la présence, il y a toute la peur de la séparation. Dans l'absence, il n'y a que l'espoir des retrouvailles. »

DJÂMI

« Le paradis regorge de ce que l'on déteste. L'enfer est plein de ce que l'on désire. »

HADITH

« Sache que le premier être que Dieu créa fut une essence de lumière, dont le nom est Intelligence. Cette tradition le dit : "Le premier être que Dieu créa fut intelligence." Et Dieu Très-Haut dota cette essence de trois propriétés : connaissance de Dieu, connaissance de soi-même, connaissance du fait que d'abord elle-même n'était pas et ensuite se mit à être. De par celle de ses propriétés qui se rattache à sa connaissance de Dieu, fut manifestée la beauté. De par celle de ses propriétés qui se rattache à sa connaissance de l'antériorité de son non-être sur son être, fut manifestée la nostalgie.

Et ces trois êtres : Beauté, Amour, Nostalgie, éclos d'une même source originelle, sont frères l'un de l'autre. Beauté, qui est le frère aîné, se contempla soi-même. Elle eut vision d'elle-même comme étant le Bien suprême ; l'allégresse naquit en elle, et elle sourit. Alors des milliers d'Anges du plus haut rang furent manifestés, éclos de ce sourire. Amour, le frère moyen, était le compagnon familier de Beauté. Il ne pouvait détacher d'elle son regard, et restait en serviteur assidu à son service. Lorsque lui apparut le sourire de Beauté, il fut pris d'un vertige de folie ; il fut bouleversé. Il voulut faire un mouvement, s'en aller. Mais Nostalgie, le plus jeune frère, se suspendit à lui. Et c'est de cette suspension de la nostalgie étreignant l'amour que prirent naissance le ciel et la terre. »

SOHRAVARDI, *L'Archange empourpré*

« Il n'y a de véritable éloignement que celui du cœur. »

SOHRAVARDI, *L'Archange empourpré*

Mais si la mélancolie est parfois propice à l'élévation de l'âme, prends garde de ne point te complaire dans cet état. Dis-toi qu'au-delà de la grisaille, demeurent toujours l'espérance et le bonheur. Il faut seulement être patient. Il n'y a point de chemin trop long à qui marche lentement et sans se presser : il n'y a point d'avan-

tages trop éloignés à qui s'y prépare par la patience. La patience est l'art d'espérer. Crois aussi en la chance, c'est une amie lorsque l'on sait la solliciter. C'est une courtisane qui ne demande qu'à être courtisée. C'est une grande et rare vertu que la patience, que de savoir attendre et mûrir, que se corriger, se reprendre. La chance peut tourner. Patience et persévérance peuvent beaucoup.

Il faut croire.

De la chance et de la patience

« Tant que la chance te sourit, tes défauts restent cachés. »

ALI IBN ABOU TALEB

« Tout arbre fut un arbuste. »

Proverbe kurde

« J'ai parcouru le monde sans jamais trouver ville ni pays où l'on vendît la chance au bazar. »

ORFI SHIRAZI

« Marche avec des sandales jusqu'à ce que la sagesse te procure des souliers. »

AVICENNE, *De la science*

« Devient-on puissant par ses propres forces ou par l'effet de la Fortune ? La fortune et le talent forment un couple ; ils sont comme l'âme et le corps ; le corps est l'instrument de l'effort, mais il ne produit pas de puissance s'il n'est aidé par la fortune. »

BOUZOURDJMIHR

« La revanche de l'opprimé est souvent plus effroyable que l'oppression du tyran. »

ALI IBN ABOU TALEB

« Si le chanceux tombe à la mer, il en ressort avec un poisson dans la bouche. »

Proverbe populaire

« Si les coups reçus t'exaspèrent, comment deviendras-tu un clair miroir sans avoir été poli ? »

DJALÂL AL-DIN RÛMÎ

De la foi

« Si vous avez de la foi gros comme un grain de sénevé, vous direz à cette montagne : "Déplace-toi d'ici à là", et elle se déplacera, et rien ne vous sera impossible. »

JÉSUS, *Évangile selon saint Mathieu*

« Reste devant la porte si tu veux qu'on te l'ouvre.

Ne quitte pas la voie si tu veux qu'on te guide.

Rien n'est jamais vraiment fermé sinon tes yeux. »

ATTAR, *Le Livre divin*

« Un esprit sain dans un corps sain », disait le vieil homme. Lorsque la maladie s'installe et gouverne le corps, le corps ne gouverne plus la pensée. Nos médecins furent parmi les plus grands. Le savais-tu ? Galien, et avant lui Hippocrate ouvrirent la voie, puis le flambeau passa dans la main de l'Orient.

Aboul al-Cassis fut sans égal, Ibn Roshd, connu sous le nom d'Averroès, fut lui aussi proche du génie. Ali Ibn Sina, Avicenne, mérita certainement son surnom de cheikh el-raïs, le prince des médecins. Ce fut lui qui rédigea à l'usage de plusieurs générations de savants un ouvrage monumental, organisé en cinq volumes, dans lequel il codifia toutes les notions et les expériences acquises jusqu'à son époque. Recueil ô combien précieux. Mais je m'égare... En vérité, la médecine remportera son plus grand triomphe quand elle découvrira le moyen de nous permettre d'ignorer la maladie, la fatigue et la crainte. Car la vraie santé ne consiste pas seulement en une absence de maladie ou d'infirmité, mais de se forger un état de sérénité qui nous permettrait de rejeter toute tentative de déséquilibre. Ainsi que l'affirmait Ibn Sina : « Tous les tempéraments rentrent dans trois types principaux : bilieux, sanguin et sec. Du jour où une cause quelconque vient à pervertir ou à transformer un de ces tempéraments, elle suffit à créer la défaillance. Parmi les individus, il en est qui ont dans leur constitution une prédisposition à contracter la maladie. Car, et cela est très important, si la cause agissant seule trouve un organisme non prédisposé et qui ne lui vienne point en aide, elle ne pourra agir sur lui et son action sera nulle. » Avicenne appelait cet état le milieu favorable ou la réceptivité. Aussi, n'attends pas d'être malade pour te préoccuper de ton corps. Protège-le, entoure-le de soins comme un enfant que l'on couvre chaudement de peur qu'il n'attrape froid l'hiver.

De la santé du corps

« Dieu n'a pas fait descendre sur terre une maladie, sans avoir, en même temps, fait descendre son remède. »

HADITH

« La préservation de la santé, vaut mieux que mille cuirasses. »

HAKIM MEYSARI

De l'adulte

« Gargarise-toi et cure tes dents pour tenir nets ta dentition et ton palais.

Provoque les urines, sinon crains l'hydropisie.

Expulse les menstrues sous peine de corruption.

Le corps a besoin d'évacuation pour tous ses organes et pour le cerveau.

Emploie le purgatif — grâce à cela, tu éviteras les coliques.

Fais usage des bains pour emporter les impuretés. Ne sois pas fainéant pour faire sortir les résidus des pores et débarrasser le corps de ses malpropretés.

Lâche la bride aux jeunes pour les rapports sexuels : par eux ils éviteront des maux pernicieux.

Par contre, interdis-les aux débiles, aux vieillards et aux affaiblis. Promets la goutte, et les douleurs à qui cohabite après le repas.

L'abus des rapports débilite le corps et donne en héritage toute espèce de maux.

Protège tes yeux de la poussière, garde-toi de respirer les fumées et les vapeurs malsaines.

Évite les rayons du soleil et les ardeurs infernales du milieu du jour.

Ne lis pas longtemps des caractères fins, des inscriptions minuscules ni des écritures difficiles.

Il faut prolonger la mastication pour obtenir une bonne digestion.

Tout ce qui est difficile à mâcher l'est à digérer.

Il ne faut pas boire à table.

Ne t'enivre pas sans cesse ; si cela t'arrive, que ce soit une fois par mois.

Le vin pris en petite quantité est utile ; en grande quantité il est dangereux.

Exerce tes membres pour les aider à repousser les humeurs mauvaises.

L'homme chétif doit éviter les exercices pour ne pas augmenter son épuisement. Impose-les en revanche à l'obèse. »

AVICENNE, *Poème de la médecine*

De l'enfant

« Avant de l'emmailloter, frictionne-le avec des astringents.

Ne fais rien qui puisse l'énerver, empêcher ou troubler son sommeil.

Pour dormir, place-le sur un lit doux dans un endroit obscur.

Ajoute un peu de pavot à sa nourriture si la maladie l'empêche de dormir.

Réveillé qu'il puisse voir la lumière.

Pendant le jour, fais varier les couleurs devant lui pour entraîner sa vue.

Parle-lui à haute voix pour l'exercer à la parole.

Fais-lui des instillations nasales pour dégager et nettoyer. »

AVICENNE, *Poème de la médecine*

« La nourriture que tu désires te profite.

Celle que tu prends sans appétit te dévore. »

Proverbe populaire

Pour ne point succomber aux affections qui rongent le corps aussi sûrement que le vent élime la courbe des dunes, il te faut apprendre à surmonter nombre d'obstacles. J'en ai recensé quelques-uns parmi lesquels : la solitude, la bêtise, et par-dessus tout la jalousie et la médisance.

De la solitude

« Vivre seul est insupportable ; fût-ce au paradis. »

Proverbe populaire

« Je me suis trouvé seul au milieu du désert et je n'ai constaté de solitude plus affreuse que la présence d'un mauvais compagnon. »

ABOU AL-HASSAN KHARAQÂNÎ

Vaut-il mieux vivre seul qu'entouré de sots ? Est-il préférable de respirer l'air et le silence de la solitude, quitte à en souffrir, plutôt que d'avoir à subir l'assourdissant vacarme des ineptes ? La réponse est oui. Cent fois oui. Tous les déserts du monde valent mieux qu'un seul imbécile.

— Seul dis-tu ? comment peut-on vivre seul ? Comment peut-on se passer de la société ?

— On ne se passe pas d'elle. C'est elle qui se passera de toi puisqu'elle ne te voit pas, ne t'entend pas, ne sait rien de tes tourments, ne comprend rien à tes joies. Entouré de sots, toi seul connais tes manques et tes manques sont impossibles à transmettre à ceux qui ne peuvent les entrevoir.

La bêtise a ceci de particulier que souvent elle surpasse l'intelligence. Entre Damas et Le Caire, entre Médine et Khartoum, j'ai rarement eu la chance de croiser des génies, de ces personnages qui vous éblouissent par leurs facultés spirituelles, par leur science. Par contre, Allah m'est témoin, les sots foisonnent et empoisonnent. Ils encombrent nos routes et nos cités, fourmillent aux portes et à l'intérieur des palais, vous font perdre une journée en une heure. Toute la difficulté consiste sinon à les éviter, du moins à ne pas se laisser dévorer tout cru.

De la bêtise

« Le doute de l'intelligent vaut mieux que la certitude de l'imbécile. »

Proverbe populaire

« Un aveugle des yeux vaut mieux qu'un aveugle du cœur. »

Abou al-Hassan Kharaqânî

« S'entêter à instruire les sots, c'est jouer du luth pour un sourd ou tenir un miroir devant un aveugle. »

Zahiri de Samarkand, *Le Livre des sept vizirs*

« Il n'y a que la faute de l'homme intelligent qui soit remarquée. »

Dicton syro-libanais

« On n'enseigne pas à un bossu comment dormir. »

Proverbe populaire

« Ne conseille pas un sot, tu en ferais un ennemi. »

Proverbe populaire

« Lorsque la bêtise gifle l'intelligence, alors l'intelligence a le droit de se conduire bêtement. »

Ben Gourno

« L'oiseau vole dans les hauteurs, son ombre se hâte sur la terre, s'enfuyant comme ombre d'oiseau.
L'imbécile prend en chasse l'ombre. Il ne saura jamais qu'elle est le reflet de l'oiseau... »

Djalâl al-din Rûmî, *Le Mesnevi*

« L'acquisition des vertus naît de l'endurance aux fatigues. »

Qâbus

« Je ne cesse de lui répéter : "C'est un taureau !" et il continue de me répondre : "trais-le !" »

Proverbe populaire

Sais-tu que sur mille hommes qui reposent dans les cimetières, neuf cent quatre-vingt-dix sont morts assassinés par l'envie et le mauvais œil et les dix autres de mort naturelle ? Tu ne crois pas au mauvais œil, homme d'Occident. Je le sais. Et pourtant je peux affirmer qu'il tue plus sûrement que la dague du poignard le plus effilé.

Sache que l'envie, sœur de la jalousie, n'est qu'un sentiment stérile qui laisse l'homme dans l'état où elle le trouve. Elle lui interdit toute forme d'admiration, le rend incapable de s'émerveiller sur les actions ou sur les ouvrages d'autrui, et ne supporte dans le monde d'autres talents que les siens. L'envie naît de l'insoutenable vision du plaisir qu'une créature éprouve. C'est sans doute le plus méchant et le plus vilain de tous les vices.

Dis-toi qu'il n'y a aucun vice qui nuise tant à la félicité des hommes que celui de l'envie. Car, outre que ceux qui en sont entachés s'affligent eux-mêmes, ils troublent aussi de tout leur pouvoir le plaisir des autres. L'homme envieux n'est vivant qu'à moitié et son cœur ne bat qu'un jour sur deux.

Toute jalousie n'est point exempte d'envie. Souvent même ces deux sentiments s'unissent pour donner naissance à un troisième : la médisance. Et la médisance est l'ennemi le plus mortel. Il n'est pire lâcheté que de se sentir découragé du bonheur des autres et d'être accablé par leur fortune.

De la jalousie et de la médisance

« Devant aucune créature ne te plains du malheur qui t'afflige, car tu pourrais éveiller en elle le plaisir de te voir souffrir ; comme les plaintes du blessé devant les corbeaux et les vautours qui attendent sa mort pour déchiqueter son cadavre. »

AL-MUTANNABI

« Si un homme de rien vous dit du mal de moi, c'est une preuve certaine que je suis un homme de bien. »

AL-MUTANNABI

« Veux-tu n'être point dévoré de chagrins en ce monde, ne porte pas un œil envieux sur la fortune d'autrui. »

AL-MUTANNABI

« Une bonne parole est comme un bon arbre dont la racine est solide et dont les branches vont jusqu'au ciel. Il donne ses fruits en toute saison avec la permission de son Seigneur. »

HADITH

« Ne craignez pas les envieux. Il vous suffit de savoir qu'ils crèvent de dépit lorsqu'ils vous voient heureux : la revanche est de taille. »

OSMAN IBN AFFAN

« Cinq choses nous font dévier de la droiture : la jalousie, la vengeance, la colère, le besoin et une cinquième qui fait que la convoitise devient la maîtresse de l'homme. »

FIRDUSI, *Le Livre des Rois*

« L'Envoyé de Dieu a enjoint d'employer la magie contre le mauvais œil. »

« Omm Salam rapporte que le Prophète, ayant vu chez elle une esclave atteinte d'une altération au visage, s'écria : "Qu'on la désensorcelle, elle vient d'être atteinte du mauvais œil !" »

HADITH

« Celui qui observe trop le bonheur des autres risque de mourir de chagrin. »

HADITH

« Celui dont la langue calomnie parle ici et tue à Rome ; il parle à Rome et tue en Syrie. »

TALMUD DE JÉRUSALEM

« Celui qui est jaloux de toi n'est satisfait qu'à la mort de l'un de vous deux. »

ALI IBN ABOU TALEB

« Si vous citez les propos de quelqu'un, imaginez-le se tenant debout, face à vous. »

Proverbe juif

« Si la langue était prisonnière, le cœur serait à l'abri du chagrin. »

ZAMAKHCHARÎ

« Cinq pour cent des êtres qui reposent dans les cimetières sont morts de mort naturelle : Le reste a été assassiné par le mauvais œil. »

BEN GOURNO

« Une perte de mille dinars survint à un marchand. Il dit à son fils : Il ne faut divulguer cette perte à personne. — Ô mon père, répondit le fils, le commandement t'appartient ; je ne le répéterai pas. Cependant explique-moi l'utilité de tenir cette affaire secrète ? — C'est pour ne pas qu'il y ait deux malheurs, répondit le père : d'abord la diminution de notre fortune, ensuite la joie maligne de notre voisin. »

SAADI, *Le Gulistan*

« À quelques sages, le roi posa cette question :
— Quelle est la pire épreuve qu'un homme puisse subir ?
— La pauvreté, dirent les uns ; la pauvreté jointe à l'exil, proposèrent les autres ; l'exil, avec la maladie et la pauvreté, décidèrent les autres.
Mais tous furent unanimes pour reconnaître que le pire de tout cela c'est de voir l'ennemi se réjouir de nos malheurs. »

Sentence populaire

« Il n'y a que deux personnes qu'il soit permis d'envier : "celle à qui Dieu a donné la fortune et qui a le courage de dépenser son bien pour la cause de la vérité ; celle à qui Dieu a donné la sagesse et qui l'applique aux hommes et la leur enseigne." »

HADITH

« Évitez la jalousie, car elle dévore les bonnes actions comme le feu consume le bois. »

HADITH

« La langue du muet vaut mieux que celle du menteur. »

Proverbe populaire

« Lorsque l'homme désespère, sa langue s'allonge. »

SAADI

– 10 –

Mon regard se porte sur la foule qui m'écoute. Certains regards sont attentifs, d'autres curieux, d'autres encore indifférents ou désabusés. Qu'importe, je poursuivrai ma harangue jusqu'aux premières lueurs de l'aube, peut-être alors entreverrai-je le premier visage ami. J'aime l'amitié. Il m'arrive même de me demander si je ne préfère pas l'amitié à l'amour.

Quelqu'un m'a dit un jour — alors que je me consumais dans une passion irraisonnée comme toutes les passions : « Le Medjdoub, songe plutôt à te brûler d'amitié. » Et comme je laissais tomber avec amertume : « Mais l'amitié n'est que le bâtard de l'amour. » Mon interlocuteur répliqua d'une voix tranquille : « Un bâtard, peut-être, mais de sang royal ! »

Il n'avait point tort. Vois-tu, l'amour naît brusquement, sans autre réflexion, par tempérament ou par attraction des corps : un trait de beauté, une voix, une façon de se mouvoir nous fixe, nous détermine. L'amitié au contraire se forme peu à peu, avec le temps, par la pratique, par une lente complicité. Combien de bonté de cœur, d'attachement, de soutiens et de tolérance chez un véritable ami ! Il vous enrichit à la longue bien plus que la vision d'un beau visage ou d'une belle main.

Quelque rare que soit le véritable amour, il l'est encore moins que la véritable amitié.

L'amitié est un art, un art qui a cet avantage indéniable sur l'amour : il est dénué de toutes formes de jalousie, de sentiment de possession. Prends garde, le jour où sur ta route survient l'ami, prends garde de ne jamais le trahir, ou l'égarer, car les amitiés renouées demandent bien plus de soins que celles qui n'ont jamais été rompues. Et nul ne peut jurer qu'elles renaîtront tout aussi fortes, tout aussi denses qu'avant la rupture.

De l'amitié

« L'homme sage, à l'esprit cultivé, ne doit, en toute circonstance, et surtout envers ses amis, agir qu'avec douceur et juger qu'avec aménité. Il doit se garder soigneusement de ses ennemis et choisir ses amis avec circonspection et, une fois qu'il les a choisis, il ne doit plus faire intervenir entre eux et lui un juge quelconque, mais tout régler par la bonté ; car, ou il a choisi ses amis parmi les hommes détachés de ce monde et voués à la sainteté, et alors il doit les écouter sans arrière-pensée et se rapporter à leur jugement, ou il les a choisis parmi ceux qui sont attachés aux biens de la terre, et alors il doit veiller à ne jamais les léser dans leurs intérêts, ni les contrarier dans leurs habitudes, ni les contredire dans leurs paroles ; car la contradiction aliène même l'affection du père et de la mère, et elle est superflue ; et un ami est une chose si précieuse ! Car l'ami n'est point comme la femme d'avec qui on peut divorcer pour la remplacer par une autre ; et la blessure faite à un ami ne cicatrise jamais, comme dit le poète : "Songe que le cœur de l'ami est chose bien fragile et qu'on doit le surveiller comme toute chose fragile ; car le cœur de l'ami, une fois blessé, est comme le verre délicat qui ne peut jamais être raccommodé." »

Les Mille et Une Nuits

« L'ami est pour son ami un bouclier. »

ABOU SHAKOUR

« Honni soit l'ami qui une fois me déçoit.
Béni soit l'ami qui deux fois me déçoit. »

Proverbe libyen

« Votre ami est la réponse à vos désirs.
À quoi bon si vous le cherchez afin de tuer le temps ?
Cherchez-le toujours pour les heures vivantes.
Car il lui appartient de combler votre besoin, mais non votre vide. »

KHALIL GIBRAN, *Le Prophète*

« L'ami qui n'est ami que par intérêt deviendra ennemi à coup sûr. »

FIRDUSI, *Le Livre des Rois*

« Quand la décision ne peut être prise sans conseil, prends-la donc d'un ami sincère, et ne crois pas que consulter est une humiliation ; les plumes moyennes d'une aile suivent les plus longues. »

Bachâr Ibn Bourd

« Nul ne connaît l'amitié tant qu'il ne désire pas pour son frère ce qu'il désire pour lui-même. »

Hadith

« Si tu fréquentes un homme vil, c'est que tu es de son rang. »

Abou Tammân

« N'abandonne jamais un vieil ami,
le nouveau venu ne le vaudra pas.
Vin nouveau, ami nouveau,
laisse-le vieillir, alors seulement tu le boiras avec délices. »

Ecclésiastique

« Qui sont les vrais amis ? a-t-on demandé à un sage.
— Une seule âme dans des corps séparés. »

Sentence populaire

« Une seule main ne peut applaudir. »

Sentence populaire

« Lequel aimes-tu le plus, ton ami ou ton parent ? demanda-t-on à Ibn al-Muqaffa.

— Le parent uniquement lorsqu'il se présente comme un ami. »

Sentence populaire

« On peut nouer un fil rompu, mais il y aura toujours un nœud au milieu. »

Proverbe persan

« Quelqu'un n'avait pas revu un ami depuis longtemps. Il le rencontra enfin et lui dit : Où étais-tu ? Tu m'as manqué. L'autre lui répondit : C'est bien. Le désir est préférable à l'ennui. »

SAADI

« Celui dont l'amitié ne t'a rien apporté, son inimitié ne saurait te léser. »

SAADI

« L'ami rarement vu, si on l'aime vraiment, vaut mieux que celui que l'on peut voir jusqu'à l'indifférence. »

SAADI

« J'avais toujours étroitement vécu avec un ami cher, lui et moi, pareils à deux amandes jumelles enfermées dans une même coque. Le hasard voulut que mon ami dût partir au loin. Quelque temps après son retour, il se mit à me faire des reproches : Durant tout ce temps, tu ne m'as même pas écrit ! Ah, lui dis-je, je n'ai pu supporter l'idée que mon messager te verrait, que ta beauté l'éblouirait, alors que j'en étais privé. »

SAADI, *Le Gulistan*

« De deux hommes qui s'aiment en Dieu, le plus proche de Dieu est celui qui aime le plus son ami. »

HADITH

« Les amis se répartissent en trois espèces :

Les uns sont pareils à la nourriture dont on n'a pas toujours besoin ;

Les autres comme un médicament dont on a quelquefois besoin ;

Les derniers seraient semblables à une maladie, certes jamais souhaitée. »

Dicton populaire

« Si ton ami est de miel, ne le lèche pas tout entier. »

Proverbe populaire

« Si tu cherches un frère sans défaut ; reste sans frère. »

DJALÂL AL-DIN RÛMÎ, *Le Mesnevi*

« Le cœur nous fait gagner des amis que l'expérience nous fait perdre. »

Proverbe populaire

Le jumeau contraire de l'ami, c'est bien l'adversaire. Au cours de mes errances, et sans doute à cause de mon franc-parler, je me suis fait des ennemis. Cela ne m'eût pas dérangé outre mesure. Lorsque l'on vit en marge des autres, lorsque l'on s'interdit de hurler avec les loups, lorsque l'on prend des chemins de traverse, de ces chemins que ne suivent pas les troupeaux, on prête inévitablement le flanc à la critique et s'éveillent alors autour de vous des personnages qui vous montrent du doigt et tentent de vous nuire. Je le répète, cela ne m'eût pas dérangé si mes ennemis étaient sages ou lettrés. Ne dit-on pas : « Rien n'est si dangereux qu'un ignorant ami » ? Mais au fond, le plus grand ennemi de l'homme n'est-il point l'homme lui-même ?

Aussi, si j'ai un conseil à te souffler : désintéresse-toi de tes ennemis, et surtout — c'est le plus important — évite de les haïr. Ce serait une perte d'énergie, un sentiment stérile. On ne hait que par faiblesse. De la même façon que l'on se venge parce que l'on a manqué de conviction. Parce que le doute l'a emporté sur la foi. Vengeance et haine sont deux mots à bannir de ton existence. Mais il y a mieux encore : sitôt que tu les auras vaincus, fais de tes plus dangereux et de tes plus grands adversaires, des frères. Tu seras surpris de leur fidélité.

Des ennemis

« Dispute de lions, dispute d'un jour.
Dispute de chiens, dispute de tous les jours. »

Proverbe berbère

« C'est trop d'un seul ennemi ; c'est trop peu d'un millier d'amis. »

ABOU SHAKOUR

« On se doit de rester en vie pour donner une raison d'être à son ennemi. »

BEN GOURNO

« Celui qui vit après la mort de son ennemi, ne fût-ce qu'un jour, a remporté la victoire. »

Les Mille et Une Nuits

« L'ennemi du père ne devient pas l'ami du fils. »

Proverbe kurde

« Les ennemis sont deux : à l'un tu as pu nuire et l'autre a pu te nuire.

Si la roue de la fortune te forçait à recourir à l'un des deux, choisis le second ; il est plus à même de t'aider, car lui n'a point rancune. »

Proverbe populaire

« Le regard d'un ennemi se reconnaît à la joie qu'il exprime quand tu es dans le malheur. »

Proverbe populaire

« La bonne entente entre le chat et la souris ruine l'épicier. »

Proverbe populaire

« Celui qui creuse une tombe pour son frère finira par y tomber lui-même. »

Sentence populaire

De l'amitié blessée naît parfois le désir de vengeance. C'est que la vengeance semble — à tort — douce et apaisante aux âmes offensées. Dis-toi qu'une injure que l'on se refuse à pardonner ou à oublier finit tôt ou tard par nous enfermer dans un cercle maudit, une demeure pleine de nuit, aux fenêtres et aux portes murées. Certaines heures de vengeance ont abouti un matin à la destruction d'un monde. Absurde sentiment. Préfère toujours la fertilité qui découle de la bonté et de la puissance du pardon à l'aridité des terres brûlées.

De la vengeance

« Mieux vaut passer la nuit dans l'irritation de l'offense que dans le repentir de la vengeance. »

Proverbe populaire

« On ne lave pas le sang avec du sang, mais avec de l'eau. »

IBN AL-MUQAFFA

« En vérité, l'épée inspire toujours la vengeance, même si elle est engainée. »

Proverbe populaire

De la bonté

« De celui qui a tué une seule vie, il est écrit que c'est comme s'il avait détruit l'humanité entière.

De celui qui a sauvé une seule vie, il est écrit que c'est comme s'il avait sauvé l'Univers tout entier. »

Dicton populaire juif

« Ne frappe pas l'animal, même avec une feuille de papier, car il est muet et ne saurait se plaindre à Dieu des injustices dont il est victime. »

Abou'l-Abbâs Qassâb

« Sois le persécuté plutôt que le persécuteur. »

Abou'l-Abbâs Qassâb

« Qui aura fait une once de bien, le verra.
Qui aura fait une once de mal, le verra. »

Sourate, VII, 8

« La charité éteint la faute, comme l'eau éteint le feu. »

Hadith

« Faites l'aumône des meilleures des choses acquises. »

Hadith

« Les mots qui sortent du cœur entrent dans le cœur. »

Proverbe juif

« Pour les purs, toutes choses sont pures. »

Les Mille et Une Nuits

« Protège-toi du mal qui peut provenir de celui à qui tu as fait du bien. »

HADITH

« Ce monde est parfois une prison pour le croyant et un paradis pour le mécréant. »

HADITH

– 11 –

« Le bonheur est proche du malheur, oui le bonheur est proche du malheur », a dit le Prophète. Un cheveu les sépare. Et c'est trop souvent nous-mêmes qui tissons notre infortune. Si les hommes voulaient être francs, ils reconnaîtraient peut-être que jamais le malheur n'a fondu sur eux sans qu'ils aient reçu quelque avertissement occulte. Beaucoup n'ont aperçu le sens profond de cet avis mystérieux ou visible qu'après leur désastre. Alors sois vigilant. Sois sentinelle. Apprends à lire dans les bruissements de la vie ce qu'elle annonce.

Et lorsque l'adversité t'afflige, dis-toi que tout est mêlé dans cette existence, que la roue du destin tourne et tourne inlassablement sans jamais marquer une pause. Rien ne demeure figé. Dis-toi aussi, inlassablement, que le bonheur ou le malheur absolu et définitif n'existent pas. Ce ne sont que des instants qui se prolongent plus ou moins durablement. Ce sont les grains du sablier. Puisque le bonheur ne dure pas éternel-

lement, pourquoi en serait-il autrement du malheur ?

Apprends donc à te battre sans trembler, sans fléchir, sans haïr les écueils et surtout sans gémir en songeant aux heures de joies passées, parce qu'il n'est pire douleur qu'un souvenir heureux dans les jours de malheur. Dis-toi aussi qu'à l'instar du désespoir, le malheur exalte, alors que le bonheur relâche. Si tu pouvais te convaincre de cela, alors dans les pires moments, assiégé par mille tempêtes, tu trouveras toujours la force de lutter.

D'apprivoiser le bonheur

« Tu veux la joie ? Demande-la à l'ivresse et à l'inconscience. »

NASHAT

« Dans tout malheur, il y a une faveur, dans toute souillure, il y a une pureté, dans toute infortune est cachée une richesse. »

DHÛ'L-NÛN AL-MASRI

« Instruis-toi du malheur des autres afin que les autres ne s'instruisent pas à tes dépens. »

DHÛ'L-NÛN AL-MASRI

« Si la lune est à tes côtés, ne prête pas attention aux étoiles. »

Proverbe populaire

« La plus étroite des prisons est la société de ceux qui vous sont contraires. »

DJÂMI, *Beharestân*

« L'homme prie pour obtenir le mal, comme il prie pour le bien. L'homme est toujours trop pressé. »

HADITH

« Lorsque le malheur touche l'homme, il est plein d'impatience. Lorsque le bonheur l'atteint, il devient insolent. »

HADITH

« Allah ne charge ici-bas une personne que selon ce qu'Il lui accorde. »

HADITH

« Ne compte pas les jours d'un mois d'où le bonheur est absent. »

Proverbe populaire

« Jamais je ne m'étais plaint de l'adversité, jamais je ne m'étais troublé devant les nombreux soucis qui m'assaillaient, jusqu'au jour où je me trouvai pieds nus, sans argent pour m'acheter des babouches. Contrarié, j'entrai dans la mosquée de Khoufa afin d'apaiser la douleur de mon cœur.

C'est alors que je vis un homme qui n'avait pas de pieds... »

SAADI, *Le Gulistan*

« Ayant bu les mers entières, nous restons tout étonnés que nos lèvres soient encore aussi sèches que les plages et toujours cherchons la mer pour les y tremper sans savoir que nos lèvres sont les plages et que nous sommes la mer. »

ATTAR, *Le Langage des oiseaux*

« Un homme avait eu une importante fortune. Mais il la dilapida pour se retrouver bien vite dans un extrême dénuement. Car la fortune est changeante pour les héritiers. Il se promenait, tel un vautour, parmi les ruines, sans ressources, sans demeure. Il adressa un jour cette prière à Dieu : “Ô Seigneur ! Les biens dont tu m’as comblé se sont vite dissipés. Renouvelle tes faveurs Pour moi ou Prends ma vie !”

Car le Prophète a dit :

“Le fidèle est comme le roseau ! Son chant est plus fort lorsqu’il est vide à l’intérieur.”

Ainsi, notre héritier passait-il ses journées dans la prière, le visage plein de larmes. Mais existe-t-il quelqu’un qui ait frappé à la porte de la miséricorde sans rien recevoir ? L’héritier ruiné entendit donc une voix dans son rêve qui lui disait :

“Quitte Baghdad et rends-toi en Égypte ! On subviendra à tes besoins là-bas et tu y deviendras riche. Car tes larmes et tes prières sont acceptées !”

Cette même voix lui décrivit avec précision une ville, un quartier de cette ville et un lieu de ce quartier. Elle dit encore :

“Rends-toi là et tu trouveras un trésor fait de choses rares.”

L'héritier, plein d'espoir, se rendit donc en Égypte. Il y parvint dans un état de grand épuisement, n'ayant rien mangé depuis des jours. Il lui vint l'idée de mendier, mais la honte l'en empêcha. Cependant, au bout d'un moment, sa patience l'abandonna et il décida de demander l'aumône, à la nuit tombée, afin que l'obscurité couvre sa honte. Il se dit :

“Je vais crier le nom de Dieu et peut-être les gens me donneront-ils quelque chose à manger.”

Un tiers de la nuit se passa alors qu'il hésitait encore, se demandant :

“Dois-je dormir le ventre vide ou dois-je mendier ?”

Mais soudain, il fut capturé par un garde qui faisait la ronde de nuit et ce dernier se mit à le frapper de coups de bâton. Car il se trouvait qu'à cette époque, la population était excédée par les méfaits des voleurs de nuit et le sultan avait donné aux gardes des consignes sévères :

“Ne vous laissez pas abuser par leurs mensonges et soyez sans pitié ! Si vous trouvez un homme dans la rue en pleine nuit, coupez-lui la main, même s'il s'agit de quelqu'un de votre famille !”

L'héritier implora pitié et demanda à être écouté afin qu'il puisse raconter son histoire. Quand il lui eut donné de nombreux coups de bâton, le garde lui dit : “Vas-y ! Je t'écoute. Que fais-tu à cette heure dans les rues ? Tu es étranger. Quelles sont tes intentions ? Sais-tu que le sultan nous a recommandé d'être sans pitié pour les voleurs tels que toi ?”

L'héritier jura sur tout ce qu'il avait de sacré :

“Je ne suis ni un voleur ni un ami des voleurs. Je ne suis qu’un pauvre solitaire qui vient de Baghdad.”

Et il raconta tout : son histoire, son rêve et son espoir de trouver un trésor. Et ses yeux firent couler une rivière de larmes. Le garde fut touché par ses paroles et lui dit :

“Tu n’as pas l’air d’être un voleur. Tu es peut-être un honnête homme mais tu es vraiment trop stupide. Tu as fait tout ce chemin à cause d’un rêve ! Cela est sûr : tu n’as pas la moindre graine d’intelligence. Il m’est arrivé des centaines de fois d’avoir de tels rêves. Une voix me disait : ’Rends-toi à Baghdad. Va dans tel quartier, à tel endroit et tu y trouveras un trésor’. Mais, je ne me suis pas déplacé pour autant ! »

Il décrivit à l’héritier l’endroit que lui indiquait la voix de ses rêves et l’héritier reconnut dans sa description l’endroit exact où il vivait. Alors il s’écria :

“L’endroit du trésor était l’endroit même où je vivais !

Pourquoi ai-je enduré tous ces tourments ?”

Puis, il remercia Dieu et se dit :

“Toutes mes peines et mes tourments m’ont guidé vers le trésor qui était chez moi. Qu’importe que l’on me prenne pour un savant ou pour un idiot : j’ai trouvé le trésor !” »

DJALÂL AL-DIN RÛMÎ, *Le Mesnevi*

De supporter le malheur

« Il n'y a de pire malheur que celui qui nous frappe. »

SAADI, *Le Gulistan*

« Un homme demanda humblement au Prophète la permission de faire la prière sur son tapis. Le maître ne le lui permit pas, en lui disant : "À cette heure, la terre et le sable sont brûlants. Place ton visage sur le sable brûlant et sur la terre du chemin, puisque tous ceux qui sont blessés d'amour doivent en avoir l'empreinte sur le visage. Lorsque tu aperçois une blessure à l'âme, il est convenable que la cicatrice soit visible à l'extérieur. Tant qu'on ne voit pas de cette façon la cicatrice du cœur, comment peut-on te considérer comme blessé ? Montre la cicatrice du cœur, car dans l'emplacement de l'amour on connaît les gens de cœur par leur blessure apparente." »

ATTAR, *Le Langage des oiseaux*

« Un bol renversé ne se remplit jamais. Si tu persistes à tourner le dos à la réalité, le bonheur et le malheur glisseront sur ton cœur comme l'eau d'une rivière sur les galets. Or l'homme a besoin du bonheur et du malheur pour vivre en équilibre. »

CHEIKH ABU'L-ABBÂS QASSÂB

« Le chagrin accélère la vieillesse. »

ALI IBN ABOU TALEB

« La réalité n'est pas la sœur du rêve ; les cours des vents répondent-ils toujours à l'attente des voiliers ? »

AL-MUTANNABI

Je contemple mon visage sur la flaque d'eau qui gît au pied des marches de la mosquée. Je n'ai plus d'âge, disais-je en préambule, vieillesse et mort — damnations suprêmes — n'ont sur moi aucune prise. C'est faux. Les rides sont là qui témoignent des jours enfuis. En chaque sillon est incrustée une page de mon existence. Le bien, le mal, le bonheur et le malheur. Mes instants d'amour, mes heures de désamour. Après un certain âge, on a le visage que l'on a mérité et la figure n'est plus que le miroir de l'âme. Tu pourras toujours tenter de poser un masque en adoptant des attitudes et en proférant des paroles ; si elles ne sont pas en harmonie avec le tréfonds de ton être, ces attitudes et ces paroles seront toujours trahies par les traits que le temps a dessinés sur ton front, à la commissure de tes lèvres, sur les bords de ton regard. Alors, prends garde. Chaque action honorable relèvera ta beauté ; chaque action méprisable ne fera que t'enlaidir.

La jeunesse — dit-on — est le temps d'étudier la sagesse ; la vieillesse est le temps de la pratiquer. C'est là une bien sage maxime. Mais je crois qu'il nous faut nous hâter, et commencer dès l'aube à marcher dans les pas de la sagesse, car aucun d'entre nous n'a signé de bail avec le Très-Haut et il se peut que nous ne parvenions jamais à l'orée de la vieillesse. L'idéal absolu serait de pouvoir conserver de la jeunesse l'ivresse continuelle, cette fièvre de la raison. Ce serait aussi de conserver l'audace, le goût du risque, en face de la prudence. En fait, réussir à entretenir ce que l'on appelle communément « la jeunesse de l'esprit ». C'est la fièvre de la jeunesse qui maintient le reste du monde à la température normale. Quand la jeunesse se refroidit, le reste du monde claque des dents. Ne renonce jamais au désir, ne cesse jamais d'entreprendre. Et surtout, ne confonds jamais vieillesse et fatigue.

De la jeunesse et de la vieillesse

« La force est à la jeunesse comme la raison est aux vieillards. »

Dicton syro-libanais

« Lorsque le lion se fait vieux, il devient sujet de dérision pour les singes. »

Proverbe libyen

« L'étudiant roule ses diplômes, et le bel âge est mis en pièces. Les printemps de nos abandons s'en sont allés, voici l'hiver. L'oiseau de nos folies s'appelle jeunesse. Je n'ai su quand il s'est posé, ni à quel jour il est parti. »

OMAR KHAYYAM, *Les Robayyat*

« Lève-toi en voyant une tête blanche et honore la personne du vieillard. »

Le Lévitique, XIX, 32

« Les gens sur cette terre ne sont que des ouvriers qui travaillent chacun au palais bâti en commun, puis quittent, l'un après l'autre, les murs qu'ils ont érigés afin que les suivants viennent couronner l'édifice. »

LABÎD

– 12 –

Il y a peu encore — était-ce hier ? — j'habitais un palais. Ses splendeurs rivalisaient avec les fastes des plus belles demeures de Baghdad. Vizirs et sultans me jalousaient. J'étais entouré de meubles en bois de cèdre, de marbre et de stuc, de feuilles d'or. Mes fenêtres étaient recouvertes d'admirables moucharabiehs, aussi finement ajourés que les plus admirables dentelles. À travers les interstices, j'entrevoyais un printemps toujours recommencé. Pourtant ce soir, me voilà, nu, en exil, avec le ciel pour unique protection. Je couche à la belle étoile, et quand le vent du désert souffle aux heures d'hiver sur la ville, je trouve refuge dans le havre des mosquées ou dans la chaleur réconfortante d'un caravansérail. Il ne reste plus rien de mes possessions.

Sans doute n'ai-je pas été assez âpre. Sans doute n'ai-je jamais voulu accepter l'idée de possession. La fortune n'était — à mes yeux — qu'un levier, un simple outil, rien de plus. À quoi cela m'eût servi si j'avais conservé mes trésors scellés dans des caisses ?

— Tu ne serais pas réduit à la mendicité !

— Certes, mon ami. Je n'ai plus de palais, mais j'ai des souvenirs.

— Tu aurais dû apprendre à être plus précautionneux, avare.

— L'avarice est triste et sordide, elle amasse sans fin et sans jouissance : « L'avare n'ose toucher à ses richesses et semble, comme dit le Sage, ne s'être réservé sur elles aucun droit que celui de les regarder et de dire : Je les ai. » J'ai rarement vu des êtres pauvres dominés par l'avarice. Et pour cause, l'avarice commence où la pauvreté cesse. Observe l'avare. Tout est dans le geste maîtrisé, petit, qui ne s'éloigne point du corps et dans un mouvement qui le ramène à soi. L'avare est immobile. Il n'ose rien, puisque la peur est l'âme de l'avarice. Il craint le bruit et le changement ; il craint de voir son intérêt s'éveiller pour autre chose que lui-même. Et c'est tout naturellement qu'il craint d'aimer. Aimer, n'est-ce pas avant tout faire offrande ? s'ouvrir au monde et aux êtres ? Comment voulez-vous qu'un avare vive ou soit vécu autrement que dans sa prison ?

Tout compte fait, je préfère ma nouvelle demeure à ciel ouvert, et mon errance, à la prison dorée.

De l'avarice

« L'avare ressemble à l'âne qui porte de l'or et de l'argent et qui se nourrit de paille. »

Proverbe populaire

« Un sot avait un coffret plein d'or, qu'il laissa en mourant. Un an après, son fils le vit en songe sous la figure d'une souris, les yeux pleins de larmes, qui rôdait en trottant autour de l'endroit où était enfoui son or. Son fils raconta qu'il l'avait interrogé, en lui disant :

— Pourquoi es-tu venu ici ? Dis-le-moi.

Le père répondit :

— J'ai caché de l'or ici ; je viens voir si quelqu'un l'a découvert.

Son fils lui demanda :

— Pourquoi as-tu la forme d'une souris ?

Il dit :

— Le cœur dans lequel s'est élevé l'amour de l'or a cette forme. Regarde-moi, et fais ton profit de ce que tu vois, en renonçant à l'or, ô mon enfant ! »

ATTAR, *Le Langage des oiseaux*

« La générosité, c'est la piété. L'honneur, c'est la modestie et la certitude est une fortune. »

HADITH

« Annonce à l'argent de l'avare un héritier ou un accident. »

HADITH

« Et souviens-toi que le suaire n'a pas de poches. »

Proverbe populaire

« Emploie ton argent en bienfaits avant que le temps qui s'écoule ne te fasse voir un jour ton corps buriné. »

AL-QÂSIM AL-HARÎRÎ, *Le Livre des Malins*

« Entre la soif d'argent et la soif de l'eau une différence : quand on a bu de l'eau on est désaltéré. »

Sentence populaire

Était-ce hier ? Vêtu de brocart, je me revois encore traversant la ville, tête haute, l'œil méprisant, convaincu que ma richesse m'autorisait tous les excès, même les plus vils. La richesse est trop souvent l'unique objet de désir des hommes, parce qu'elle donne la puissance. En vérité, ce n'est pas la richesse qui en soi est condamnable, mais le mauvais usage que nous en faisons.

Il dépend de toi d'acquérir l'opulence et le superflu et de l'utiliser à bon escient, sans commettre de crimes, ni d'offenses ; de les consacrer à t'épanouir et à développer tes qualités, à les rendre plus éclatantes, plutôt que de nourrir et d'accroître autour de toi les injustices de la même façon que le bois entretient le feu. Et si la fortune t'a souri, ne méprise pas les humbles. Garde en mémoire que les grandes misères sont féroces.

Au fond, le seul avantage de la précarité est que l'on se trouve riche de peu. Un mendiant qui tombe sur un écu est plus heureux que ne le serait un riche en trouvant une mine d'or.

Si la richesse peut élever une âme noble, la pauvreté avilit, et confère le droit aux sots qui ont de l'argent de vous humilier ou pire encore de vous plaindre. Ne fais jamais partie du clan des sots.

De la richesse et de la précarité

« L'homme prospère est comme l'arbre ; les gens l'entourent tant qu'il est couvert de fruits ; mais sitôt les fruits tombés, les gens se dispersent à la recherche d'un arbre meilleur. »

Les Mille et Une Nuits

« Quatre choses ne peuvent rester longtemps cachées : la science, la sottise, la richesse et la pauvreté. »

Les Mille et Une Nuits

« Quand les pauvres se marient entre eux, les mendiants se multiplient. »

Proverbe populaire

« Viendra au secours de la peine d'autrui, celui qui souffre lui-même. »

Faramarz

« Si tu leur enseignes la mendicité, ils te précéderont aux portes des mosquées. »

Proverbe populaire

« Les biens sont faits pour l'âme et non l'âme pour les biens. »

FARAMARZ

« On ne rapporte pas toujours des perles de la mer ; un beau jour il arrive qu'on y laisse la vie. »

ABOU SHAKOUR

« L'homme doué de jugement ? C'est celui qui passe la nuit, s'estimant satisfait de ce qui lui suffit pour vivre et permet que les jours succèdent aux jours. Tout superflu a pour fin la pénurie. »

AL-QÂSIM AL-HARÎRÎ, *Le Livre des Malins*

« Cette pièce de monnaie n'est vraiment à toi que le jour où elle quitte ta main. »

ABDALLAH IBN AL-ABBAS

« Celui qui n'a pas d'or dans sa poche en a besoin sur sa langue. »

AL-QÂSIM AL-HARÎRÎ, *Le Livre des Malins*

« Rien n'est plus avilissant que d'étaler son dénuement. »

ZAMAKHCHARÎ

« La fortune n'élève personne au haut de sa roue sans lui faire payer très cher, à la fin, ses faveurs. »

Proverbe iranien

« Les trois dépenses pour lesquelles on ne nous tient jamais rigueur : les frais de maladie, de nourriture et d'hospitalité. »

ZAYD IBN ALI

« C'était la famine, mais tout le monde ne mourait pas de faim pour autant : les riches avaient pris soin de faire d'amples réserves de blé, d'huile, de légumes secs et de viandes séchées.

Khadija dit alors à son mari :

— Nasr al-din, toute la ville te tient pour un homme sage. Ne reste pas les bras croisés ; va sur la place, rassemble tout le monde et tente de convaincre les riches de donner à manger aux pauvres.

Nasr al-din trouva que pour une fois sa femme avait raison. Il fit comme elle avait suggéré et, deux heures plus tard, il rentra, la mine épanouie.

— Ma femme, rendons grâce à Allah le Miséricordieux !

— Tu as donc réussi ?

— Ce n'était pas mission facile. J'ai réussi à moitié.

— Comment cela, à moitié ?

— Oui. J'ai réussi à convaincre les pauvres. »

NASR AL-DIN HODJA

« Toute qualité chez le riche est considérée comme un défaut chez le pauvre : si le pauvre est courageux, on dit qu'il est casse-cou ; s'il est généreux, on le traite de dépensier indulgent et il est pris pour un faible ; éloquent, on le prend pour bavard ; silencieux, on le trouve maladroit. »

IBN AL-MUQAFFA

« Qui est riche ? Celui qui se contente de ce qu'il a. »

Proverbe populaire

« Le plus grand luxe est la simplicité. »

Proverbe kurde

« Quand le riche vole, on dit qu'il s'est trompé. Quand le pauvre se trompe, on dit qu'il a volé. »

Proverbe juif

« S'il suffit de courir et de se démener pour assurer sa fortune, nul n'aurait connu plus brillante réussite que les chiens. »

Proverbe populaire

« Que la fortune un instant délaisse l'homme riche ou l'appauvrisse, et le voici éteint, sans gloire, comme vers le coucher jaunit le soleil. Et, désormais, s'il disparaît, son souvenir ne peut que s'effacer de toute mémoire. La honte le précédera dans les rues ; et, seul avec lui-même, il pleurera les larmes de ses yeux. Wallah ! Je le jure, l'homme n'a rien à attendre de ses amis. Que la misère fonde sur lui et le voici renié de ses parents eux-mêmes. »

Les Mille et Une Nuits

« Le plus misérable des hommes est celui qui négocie sa part de l'au-delà contre les biens terrestres d'autrui. »

Vizir al-Hakim

« Quand les chevaux viennent à manquer, on selle les chiens. »

Proverbe populaire

« Un jour, Ibrahim vit un mendiant qui se plaignait de son sort.

— Je suppose que tu as acheté la mendicité pour rien, dit-il.

— Eh ! Quoi ? La mendicité se vend-elle ? demanda le mendiant stupéfait.

— Assurément, répondit Ibrahim. Je l'ai achetée en échange de mon royaume de Balkh. J'ai fait une bonne affaire. »

Attar, *Le Langage des oiseaux*

« Le pauvre aura toujours cet avantage sur le riche : n'ayant rien à perdre, il est inaccessible aux menaces. »

Livre des proverbes

« L'exil avec la richesse est une patrie ; la patrie avec la pauvreté, c'est l'exil. »

Proverbe populaire

– 13 –

« Tu es beau parleur, le Medjdoub ! Et je vois bien que mes compatriotes t'écoutent avec attention. Je perçois même dans certains regards une pointe d'admiration devant ton érudition. Mais laisse-moi te dire ceci : Garde-toi d'éprouver de l'orgueil ou une once de satisfaction. Dans les pays où il n'y a pas de chevaux, l'âne est appelé "cheval". Ta connaissance n'est donc que toute relative.

— J'en conviens, Cheikh El-Karim, mais me suis-je jamais vanté de posséder une quelconque science à part celle de la transmission ? Je n'ai aucun savoir ; uniquement de la mémoire. Mon rôle consiste seulement à te confier les mots que j'ai retenus en espérant que tu sauras les engranger et les transformer en savoir.

L'éclat de rire du Cheikh résonna dans la nuit.

— Pauvre Medjdoub ! Tu imagines donc que je suis capable de retenir tout ce que tu viens de nous transmettre ?

— Certes, non. Tu n'es ni Maïmonide, ni Ibn Roshd, ni Ibn Sina. Ceux-là possédaient cette faculté rare puisqu'ils étaient eux-mêmes la

science. Tout savoir sur tout est impossible. Étant donné que pour bien savoir les choses, il en faut savoir chaque détail, et comme les détails sont infinis, nos connaissances restent toujours superficielles et imparfaites. En revanche, savoir un peu de tout est non seulement accessible, mais essentiel. D'ailleurs, il est bien plus enrichissant de savoir quelque chose de tout que de savoir tout d'une seule chose. Regarde autour de toi. Si ceux qui nous gouvernent avaient cette qualité, ils pourraient d'un seul regard embraser les misères du peuple. Hélas, ils n'ont qu'un œil. Acéré, vif. Mais un œil uniquement. »

Du savoir et de la connaissance

« Celui qui sait... peine !
Dure est la connaissance. »

MAHMOUD DARWICH, *Lettres d'exil*

« La science est un coffre dont la clé est le questionnement. »

HADITH

« Peut-être le temps te mettra-t-il à son école, car tu ne trouveras pas meilleur instituteur que lui. »

ABOU SHAKOUR

« Quand ton savoir monterait jusqu'au ciel il te faudrait encore écouter un autre savant. »

ABOU SHAKOUR

« Ce n'est pas le plus haut placé qui est le plus savant, mais le plus savant qui monte le plus haut. »

ABOU SHAKOUR

« Richesse et savoir sont rose et narcisse qui ne sauraient fleurir ensemble. L'homme de savoir n'a pas la richesse et l'homme riche est pauvre en savoir. »

SHARID DE BALKH

« Tout ce que tu as su ou vu n'est ni ce que tu as vu et su. »

ATTAR, *Le Livre divin*

« Celui qui n'a jamais subi les sévérités d'un maître subira les sévérités de la vie. »

SAADI, *Débat sur l'amour*

« Parmi ceux qui écoutent les savants, il y a trois espèces : l'éponge, l'entonnoir, le filtre.

L'éponge s'empare de tout.

L'entonnoir laisse échapper par un bout ce qu'il reçoit de l'autre.

Le filtre abandonne la liqueur pour ne garder que la lie. Sois une éponge. »

BOUZOURDJMIHR

« L'homme noble tire du savoir ce que les autres tirent de la parenté. »

SAÏD IBN AL-AS, compagnon du Prophète

« Qui apprend et oublie ce qu'il a appris est comme une femme qui conçoit et avorte. »

Proverbe juif

« Si un homme te dit que tu as des oreilles d'âne, n'y prête pas attention. Si un deuxième te le répète, interroge-toi. Si un troisième enfin réitère, alors attache-toi à une bride. »

Sentence populaire

« L'homme vit de sa pensée. La bête de ses dents. »

Dicton syro-libanais

« L'homme est l'ennemi de ce qu'il ignore. »

Ali Ibn Taleb

« Cheminant un jour en un lieu solitaire,
Le roi Salomon rencontra une fourmilière.
Aussitôt toutes les fourmis vinrent par milliers le saluer.
Une seule l'ignora, occupée à emporter, grain par grain,
l'énorme monticule de sable devant elle.
Le roi Salomon la fit appeler et dit :
— Ô petite fourmi, même avec la longévité de Noé et la patience de Job, jamais tu ne pourras faire disparaître cette montagne de sable !
— Ô grand roi, répondit la fourmi, ne t'arrête pas à ma taille, mais regarde plutôt mon ardeur. Derrière ce monticule est ma bien-aimée. Rien

ne m'arrêtera pour la retrouver. Et si je dois perdre la vie, au moins je mourrai dans l'espoir de la rejoindre. Ô roi, apprends d'une fourmi ce qu'est l'amour ; apprends d'un aveugle le secret de la vision. »

Attar, *Le Langage des oiseaux*

« Tout est un, la vague et la perle, la mer et le sable. Rien de ce qui existe en ce monde n'est en dehors de toi. Cherche bien en toi-même ce que tu veux être puisque tu es tout car l'histoire du monde sommeille en chacun de nous... »

Djalâl al-din Rûmî, *Le Mesnevi*

« Sache que le monde tout entier est miroir, dans chaque atome se trouvent cent soleils flamboyants. Si tu fends le cœur d'une seule goutte d'eau, il en émerge cent purs océans. Si tu examines chaque grain de poussière, mille Adam peuvent y être découverts... »

Mahmoud Shabestari

« La "connaissance" — but suprême du soufi — est ce qui entretient la vie au point que si sa transmission devait s'interrompre ne fût-ce que trois jours, le noyau de l'individu mourrait comme un homme privé de nourriture ou un malade de médicaments indispensables. Les hommes du commun, ce sont ceux qui sont insensibles au besoin urgent de connaissance. Cette insensibilité engendre l'arrogance. Et quand il y a arrogance, alors nulle place pour la connaissance. »

Pensée soufie

« L'homme, nous affirmons que nous le savons, est originaire d'un "monde" lointain. Il vient de si loin, en vérité, que, s'agissant de son origine, des expressions comme "au-delà des étoiles" sont fréquemment employées. L'homme est éloigné de son origine. Certains de ses sentiments sont de faibles indices de cet état de séparation. C'est pourquoi nous parlons de "séparation d'avec le bien-aimé". Ce sont là, cependant, des termes techniques, et ceux qui les utilisent pour intensifier leur vie émotionnelle ne font... qu'intensifier leur vie émotionnelle. L'homme a la possibilité de retourner à son origine. Il l'a oublié. Il est "endormi" à la réalité.

Le soufisme est le moyen conçu pour l'aider à s'éveiller, à prendre conscience des vérités que nous venons d'énoncer, non à se faire là-dessus une opinion. Ceux qui s'éveillent sont en état de retourner, d'entreprendre le voyage, tout en vivant cette vie-ci dans sa plénitude. »

Pensée soufie

« L'Enseignement est comme l'air. L'homme vit dedans, mais il est incapable de se rendre compte par un vrai sentiment que s'il n'y demeurait pas, il serait mort.

Il ne peut voir l'air que lorsqu'il est pollué, quand s'élève la fumée par exemple. Et il n'en constate la présence que par les effets.

Il voit l'air pollué, le respire et s'imagine que c'est une substance pure.

Privé d'air, il commence à suffoquer, et rêve de remèdes. Ce dont il a besoin, c'est tout simplement que l'apport d'air soit rétabli. Cet air, il peut le percevoir, et en tirer davantage profit, en prenant conscience que c'est une substance universelle traitée avec tant d'inattention que personne ne remarque sa présence. »

ISRAÏL DE BOUKHARA

« Hassan demanda à Ajami :

"Comment as-tu atteint les sommets de la réalisation spirituelle ?

— En blanchissant mon cœur dans la contemplation céleste, pas en noircissant des feuillets..." »

Pensée soufie

« Il était une fois un homme qui menait une existence paisible non loin d'une montagne. Certes, il était cultivé et courtois mais, à part cela, semblait bien ordinaire. Il y avait pourtant quelque chose d'attirant dans son comportement, et dans sa gentillesse et son discernement une qualité qui incitait les gens à venir lui demander avis. Quiconque venait le voir recevait un conseil. À l'un il dit d'ouvrir une boutique, à un autre d'apprendre à construire un radeau ; à un autre encore il recommanda d'étudier l'art de la culture des plantes et de l'entretien des jardins.

Un jour des chercheurs qui voyageaient en

quête de la Vérité s'arrêtèrent après avoir parcouru une longue étape et parlèrent entre eux.

"Si j'ai pu vous faire naviguer sur le torrent traître que nous venons de traverser et vous mener tous sains et saufs sur cette rive, dit l'un des compagnons, c'est qu'un homme autrefois m'a recommandé d'apprendre à construire un radeau.

— Quand, au cours de ce voyage, reprit un autre, nous avons été capturés par des brigands, j'ai obtenu notre libération en montrant à leur chef comment cultiver son jardin. Si j'ai pu faire cela, c'est qu'un homme un jour m'a suggéré d'étudier les fleurs et les jardins."

Un troisième raconta :

"Nous avons pu nous tirer d'affaire chaque fois que nous avons rencontré en chemin des animaux sauvages parce qu'un jour un homme m'a donné des instructions précises. Je lui avais demandé ce que je devais faire dans la vie. Sa réponse fut : 'Apprends à maîtriser les animaux sauvages.' "

Et il en était ainsi pour chacun des membres de la caravane. Quand ils comparèrent leurs souvenirs, ils s'aperçurent qu'il leur avait été donné à chacun une indication très simple sur la manière de progresser dans la vie, et qu'ils n'avaient pas mesuré l'importance qu'elle pouvait revêtir pour leur survie.

Le guide qui les accompagnait dans leur voyage fit alors remarquer :

"Si vous n'aviez pas suivi les conseils de cet homme, aucun d'entre vous ne serait là aujourd'hui. Beaucoup sont allés le consulter qui ont ri de lui ou ont oublié ses leçons parce qu'ils n'ont pas vu que ses conseils pouvaient renfermer un sens intérieur."

Quand les voyageurs furent parvenus au terme de leur voyage, leurs yeux s'ouvrirent : leur guide et le sage qui vivait au pied de la montagne et leur avait donné conseil n'étaient qu'un seul et même homme. Ils étaient frappés de stupeur. À peine eurent-ils recouvré leurs esprits que le guide les conduisit en présence de la Vérité, et ils virent alors que la Vérité n'était rien moins que ce même homme. Les voyageurs étaient perplexes. L'un d'eux se fit leur porte-parole :

"Pourquoi, si tu es la Vérité, comme nous le voyons tous maintenant, ne nous l'as-tu pas dit dès le commencement afin de nous épargner ce voyage et ce que nous avons enduré ?"

Mais à peine eut-il prononcé ces mots que tous prirent conscience — parce qu'ils l'avaient vue — qu'ils n'auraient jamais été capables de percevoir la Vérité s'ils n'étaient pas passés par les trois stades : le stade du conseil et de son application, celui du voyage et de la mise en pratique de leurs connaissances, celui de la reconnaissance de la Vérité. Ils avaient pu parvenir à destination parce que quelque chose au plus profond d'eux-mêmes avait su reconnaître dans les conseils en apparence anodins que leur avait donnés l'homme au pied de la montagne une résonance intérieure de vérité, un fragment de réalité.

Ainsi l'homme peut-il parvenir à reconnaître la vérité absolue. »

Pensée soufie

« Sayed Imam Ali Shah attire l'attention sur une légende ancienne qui a pour cadre les pyramides d'Égypte. Il explique comment certaines histoires ont été conçues à des fins d'enseignement.

L'histoire nous dit qu'un pharaon avait fait construire de son vivant une salle secrète dans la pyramide destinée à être son tombeau, afin que tous ses trésors l'accompagnent dans l'autre monde.

L'entrepreneur en parla à ses deux fils. "Je mourrai pauvre, leur dit-il, mais vous, vous pourrez pénétrer dans la salle du trésor en empruntant le passage secret dont je vous donne le plan en héritage. Ce roi n'est qu'un usurpateur qui a amassé son or en pressurant de pauvres gens comme nous."

Les deux fils entreprirent d'enlever les trésors royaux, mais le premier fut pris dans un piège ; il persuada le second de lui trancher la tête afin que la famille ne soit pas inquiétée et que son frère puisse continuer à entrer. Celui-ci, après une brève discussion, s'y résolut et parvint à s'échapper.

Le roi fut surpris de découvrir ce corps sans tête. Il ordonna qu'il soit attaché contre un mur, sous bonne garde. "Les parents, raisonna-t-il, voudront reprendre le corps. S'ils tentent de le récupérer, je les ferai arrêter." Mais le frère survivant était intelligent. Il se procura plusieurs outres de vin, les chargea sur un âne et les laissa tomber en chemin, près de l'endroit où les gardes faisaient le guet. Ceux-ci se saisirent des outres et burent leur content. Quand ils furent ivres, le frère emporta le corps et alla l'enterrer.

Pour le Sayed, ce conte illustre le parallélisme entre les événements et le fonctionnement du psychisme de l'homme. Le trésor représente la connaissance humaine accumulée, le pharaon cette anomalie du psychisme humain qui empêche la plupart d'apprendre ce qu'ils ont intérêt à apprendre.

Le père, c'est celui qui sait comment recueillir la connaissance.

Chacun des deux fils représente un état mental. Le premier frère incarne l'esprit téméraire quoiqu'imaginatif ; le second, le principe actif, la persistance et une capacité d'inventer au moins égale.

"De cette manière, dit Imam Ali Shah, autant que de tout autre, l'œuvre de service se poursuit. Notez bien que les modalités d'action de l'enseignement sont extraordinaires."

"Il n'est pas nécessaire que cette histoire soit non véridique pour qu'elle soit significative." »

Pensée soufie

« Ceux qu'on appelle "savants" n'aiment pas les méthodes que nous employons pour atteindre les gens : ils pensent que ce qui doit être communiqué doit l'être par intimidation ou par une terminologie compliquée. Nous avons la réputation d'être hostiles aux érudits. Cela ne leur plaît pas non plus.

Mais la réalité est tout autre. Ceux qu'on appelle "savants" sont des succédanés de savants.

Les vrais savants sont rares, les savants d'imitation sont légion. Aussi désigne-t-on les seconds par le terme générique savants. »

Pensée soufie

« Nous avons plongé dans l'Essence et fait le tour du corps humain. Trouvé le cours des univers tout entier dans le corps humain. Et tous ces cieux qui tourbillonnent et tous ces lieux sous cette terre. Les sept ciels, les monts et les mers et les sept niveaux telluriques. L'envol ou la chute aux enfers, tout cela dans le corps humain. Et la nuit ainsi que le jour et les sept étoiles du ciel. Les tables de l'initiation sont aussi dans le corps humain. Et le Sinaï où monta Moïse — ou bien la Kaaba [1]. L'Archange sonnant la trompette mêmement dans le corps humain. La Bible et l'Ancien Testament et les Psaumes et le Coran. Toutes paroles écrites se trouvent dans le corps humain. Ce que dit Yunus est exact, nous avons confirmé ses dires. Dieu est où le met ton désir : tout entier dans le corps humain. »

YUNUS EMRÉ

De la connaissance de soi

« Une nuit, un homme entendit que quelqu'un marchait dans sa maison. Il se leva et, pour faire

1. Édifice cubique au centre de la Grande Mosquée de La Mecque, vers lequel les musulmans se tournent pour prier. Dans sa paroi est scellée la Pierre noire, apportée, selon le Coran, à Abraham par l'ange Gabriel.

de la lumière, il battit son briquet. Mais le voleur qui était cause du bruit vint se placer devant lui et, chaque fois qu'une étincelle touchait la mèche, il l'éteignait discrètement du doigt. Et l'homme, croyant que sa mèche était mouillée, ne vit pas le voleur.

Dans ton cœur également, il y a quelqu'un qui éteint le feu mais tu ne le vois pas. »

DJALÂL AL-DIN RÛMÎ, *Odes mystiques*

« Si tu veux te connaître, cherche ton âme dans ton âme, libère ton âme et trouve-la. Connais-toi toi-même et connais-toi ! »

HADJI BAYRAM VELI

« Tu ne seras pas construit, tant que tu ne seras pas en ruines. »

YUNUS EMRÉ

De savoir regarder

« Des Indous avaient amené un éléphant ; ils l'exhibèrent dans une maison obscure. Plusieurs personnes entrèrent, une par une, dans le noir, afin de le voir.

Ne pouvant le voir des yeux, ils le tâtèrent de la main.

L'un posa la main sur sa trompe ; il dit : "Cette créature est telle un tuyau d'eau."

L'autre lui toucha l'oreille : elle lui apparut semblable à un éventail.

Lui ayant saisi la jambe, un autre déclara : "C'est un pilier."

Après lui avoir posé la main sur le dos, un autre dit :

"En vérité, c'est un trône."

De même, chaque fois que quelqu'un entendait une description de l'éléphant, il la comprenait d'après la partie qu'il avait touchée.

Leurs affirmations variaient selon ce qu'ils avaient perçu. L'un l'appelait *dal*, l'autre *alîf*[1].

Si chacun d'eux avait été muni d'une chandelle, leurs paroles n'auraient pas différé.

L'œil de la perception est aussi limité que la paume de la main qui ne pouvait cerner la totalité de l'éléphant.

L'œil de la mer est une chose, l'écume en est une autre ; délaisse l'écume et regarde avec l'œil de la mer.

Jour et nuit, provenant de la mer, se meuvent les flocons d'écume ; tu vois l'écume, non la mer. Que c'est étrange !

Nous nous heurtons les uns contre les autres comme des barques ; nos yeux sont aveuglés ; l'eau est pourtant claire.

Ô toi qui t'es endormi dans le bateau du corps, tu as vu l'eau ; contemple l'Eau de l'eau. »

DJALÂL AL-DIN RÛMÎ, *Le Mesnevi*

1. Ces deux lettres de l'alphabet arabe, respectivement *d* et *a*, ont, la première la forme d'un angle, la seconde celle d'un trait vertical.

– 14 –

Voici quelques instants que je garde le silence. C'est qu'un doute m'assaille. Et si ma présence ici ce soir n'était qu'un prétexte à assouvir mon orgueil ? Si je me moquais bien de la malédiction dont m'a frappé le Très-Haut et si je ne l'avais révélée que pour m'attirer la sympathie des foules ? Mais je ne suis qu'un mendiant ! Les mendiants seraient-ils eux aussi capables d'orgueil et de vanité ? C'est impossible : un mendiant ne peut éprouver d'autre sentiment que l'humilité et la soumission. Il n'est pas un homme comme les autres ; il n'est pas un être à part entière ; or seuls les vrais êtres sont capables d'émotion.

Et pourtant... si l'orgueil était la vraie raison de ma harangue, ici, sur le parvis de cette mosquée au cœur de la Ville Ronde ? À moins que ce ne soit la passion ? Passion déplacée pour la rhétorique, passion des mots ? passion tout court ? Passion vaine ? Ou alors, peut-être ne suis-je ici que par colère. Colère d'être passé près de ma vie sans avoir jamais vécu ; colère de n'avoir jamais vécu ; colère de n'avoir jamais su aimer, colère contre Allah, contre ses créatures.

Finalement, il suffirait de perdre un jour, une heure, la maîtrise de nos pulsions naturelles, pour qu'aussitôt le cœur et le corps partent à la dérive. Sur un signe des djinns qui sommeillent en nous, nous voilà emportés, fougueux, irraisonnés, prêts à accomplir le pire ou le meilleur.

Le pire — pour ce qui est des doutes que je viens de soulever —, serait probablement l'orgueil et la colère. Je crois que rien n'est plus triste que l'orgueil, surtout lorsqu'il devient le dernier refuge de nos insuccès. Et la colère, quand elle ravage le monde qui nous entoure, se déverse sur les plus faibles, est tout aussi déplorable.

D'entre toutes les pensées émises sur l'orgueil et la vanité, j'avoue avoir un faible pour celle d'Ibn al-Muqaffa : « Même si tu es la fille du sultan, tu finiras toujours par te trouver dessous quelqu'un. »

En effet, pétris d'orgueil que nous sommes, il se trouve toujours un matin où l'existence nous contraint à plus d'humilité et de modestie. Crains ce jour et bénis-le s'il survient. Car il ramènera les flots de ta démesure à de justes proportions.

De l'orgueil et de la vanité

« L'homme devient orgueilleux le jour où il trouve en lui-même quelque défaut qui le met au-dessus de ses semblables. »

AL-AHNAF IBN QAYS

« Aux yeux du Très-Haut, il n'existe ni plaine ni hauteur. Toute hauteur est nivelée, et nul homme n'est petit et nul homme n'est grand. »

Les Mille et Une Nuits

« N'élève pas la voix et baisse tes paupières, car si c'était la voix qui décidait de la vie, un âne bâtirait deux maisons en une journée avec ses braiments. »

IBN AL-MUQAFFA

« Si je suis seigneur et toi seigneur, qui harnachera le cheval ? »

IBN AL-MUQAFFA

« Ne soyez pas superbes, vous ne serez jamais aussi grands que la terre et aussi hauts que les montagnes. »

Dicton populaire

« Tu ressembles à un moustique qui se prend pour quelqu'un d'important. Voyant un fétu de paille flottant sur une flaque d'urine d'âne, il lève la tête et se dit :

"Voilà longtemps que je rêve de l'océan et d'un vaisseau. Les voici !"

Cette flaque de purin lui paraît profonde et sans limites car son univers a la taille de ses yeux. De tels yeux ne voient que de tels océans. Soudain, le vent déplace légèrement le fétu de paille et notre moustique de s'exclamer :

“Quel grand capitaine je suis !”

Si le moustique connaissait ses limites, il serait semblable au faucon. Mais les moustiques n’ont pas le regard du faucon. »

DJALÂL AL-DIN RÛMÎ, *Le Mesnevi*

« L’acte créateur consiste à être d’abord, puis à paraître ensuite — et non à paraître dans l’espoir d’exister. »

HALIL SARKIS, *Statue*

« Pour celui qui perd son mérite personnel, le mérite de son père n’est d’aucune utilité »

IBN SAÏDA

« Lorsque tu vois quelqu’un louer en toi des qualités que tu ne possèdes pas, ne crois pas qu’il se gênera pour t’accuser de vices que tu n’as jamais eus. »

WAHHB IBN MONABBIH

« L’impuissant se glorifie du phallus de son père. »

Proverbe populaire

« Vends la maison de l’humilité à n’importe quel prix et achète la maison de l’honneur même pour mille piastres. »

Proverbe populaire

« Que celui qui dit que le lion est un âne aille lui mettre un licol. »

Proverbe populaire

« Il vaut mieux être coq un seul jour, que poule toute une année. »

Proverbe kurde

« L'orgueil n'ajoute rien à la grandeur ; ce n'est rien de plus que du vent dans une outre. »

IBN AL-MUQAFFA

« Abou-Hâchem, le soufi — que sa secrète pensée soit sanctifiée — a dit : "Arracher de sa base une montagne avec la pointe d'une aiguille est plus facile qu'expulser de son cœur la vilenie de l'orgueil." »

DJÂMI

« Quand tu montes à cheval, pense à ton Dieu. Quand tu descends de cheval, n'oublie pas le cheval. »

DJÂMI

« Tout homme orgueilleux est susceptible et tout homme susceptible est un sot. »

MIDRASH RABBA sur *L'Ecclésiaste*, XI, X

« Tu te crois fort ? Ordonne alors au sommeil de visiter tes paupières par nuit d'insomnie. »

ILLYÂ ABOU MÂDI

« Ne crois pas être un homme éloquent parce que des sots t'applaudissent. »

ABOU AL-HASSAN KHARAQÂNÎ

« Ne crie pas "hop !" avant d'avoir sauté. »

Proverbe populaire

« Fuis les honneurs et l'honneur te suivra ; convoite la mort et la vie te sera prolongée. »

ABOU BAKR

« Quelqu'un demanda à un bey de lui prêter un cheval. Le bey répondit :

— Volontiers ! Prends mon cheval blanc.

— Oh non ! fit l'autre.

— Pourquoi donc ? demande le bey.

— Ce cheval est un animal étrange : il marche à l'envers, c'est-à-dire que lorsqu'il se déplace, sa queue le précède !

— Et alors ? Tu n'as qu'à tourner sa queue vers ta maison !

Puisque le désir est la queue de ton ego, tu progresses à reculons. Alors, tourne cette queue vers l'appétit de l'autre monde. Tourne donc la queue de ton ego dans cette direction et il parviendra au but, fût-ce à reculons ! Il est vrai cependant que les chevaux obéissants sont plus commodes. Ils ne reculent pas lorsqu'on leur dit d'avancer. »

DJALÂL AL-DIN RÛMÎ, *Le Mesnevi*

« On lui demanda : “Quand viendra l’heure de la résurrection ?” Il répondit : “La petite résurrection aura lieu à la mort de tous ; la grande résurrection aura lieu à ma mort.” »

Propos du sud Liban

Au fond, lorsque je disais que la colère pouvait être elle aussi l’une des causes de ma harangue, je n’étais pas très loin de la vérité. Le sage n’écrivait-il pas : « La colère est souvent la fureur de l’orgueil ? »

De la colère

« Jamais furieux ne trouva chemin du village. »

Omar Khayyam, *Les Robayyat*

« Celui qui a pour habitude colère et violence ne doit pas exercer la souveraineté, car les fonctions de berger ne sont point remplies par les loups. »

Saadi, *Débat sur l’amour*

« L’Envoyé de Dieu a dit : “L’homme énergique n’est pas celui qui emploie la force, c’est seulement celui qui est maître de lui au moment de la colère.” »

Hadith

« On ne peut savoir qu’un homme est vraiment bon que lors de sa colère, qu’un homme est valeureux que lors du combat, et qu'un homme est fraternel que lors de la nécessité. »

Les Mille et Une Nuits

« Qui se livre à son emportement perd son comportement. »

Dicton populaire

« Si tu ne peux pas mordre, à quoi sert de montrer les dents ? »

CALIFE AL-MU'TADI BI'LLAH

Parmi les raisons possibles de ma présence ici, j'ai parlé de l'orgueil, et de la colère, mais j'ai aussi mentionné la passion. La passion est comme un miroir à double face. D'un côté la souffrance et l'aveuglement ; de l'autre l'énergie et l'élévation. C'est que la passion peut être à la fois destructrice et créatrice ; pur-sang sur lequel nos rêves chevauchent et vont de l'avant ; scorpion qui nous perce le cœur, y déverse son venin et nous fige. Je veux espérer que chez toi, mon ami, mon frère, ma sœur, la passion est un pur-sang, car il n'y a réellement que les grandes passions qui puissent enfanter les grandes choses. Si ce n'était pas le cas : méfie-toi ! Le rêve que tu enfanteras sera mort-né.

De la passion

« Quand la passion domine, le jugement s'annule. »

CALIFE AL-MU'TADI BI'LLAH

« L'amour est feu, mon fils, et il y a l'ouragan. »

SAADI, *Débat sur l'amour*

« Il est des hommes comme des passions, les nobles et les autres. »

AL-JAWAHIRI

« Celui qui aime avec ardeur, croit-il que son amour puisse être caché entre une onde qui coule et un éclair qui brille, alors que tous deux proviennent de son amour ? »

AL-BOUSIRI

« Dieu dit : Sans la passion, le monde ne survivrait pas. Aucun homme ne construirait une maison, ne planterait un arbre et ne prendrait épouse. »

Dicton populaire

« La passion est un Dieu qu'on adore. »

Dicton populaire

« Entrer par la porte de la passion est chose aisée ; en sortir est difficile. »

HADITH

« Les actions ne valent que par leur intention. »

HADITH

« Après le feu, que reste-t-il d'autre si ce n'est la cendre ? »

Dicton populaire

Et si jamais j'avais menti ? Si réellement je ne m'étais pas rendu ici, devant cette mosquée, pour le bonheur de transmettre, mais pour le simple plaisir de satisfaire mon orgueil, ma colère et ma néfaste passion, les trois réunis. Dans ce cas, je veux espérer que tu sauras te montrer indulgent, mais surtout tolérant. Je l'exige même ! Car l'intolérance est un monstre qui désole la terre, qui fait que l'on ne se contente jamais de la liberté pour soi, si l'on n'opprime en même temps celle d'autrui. Je n'attends pas de toi de pardon, seulement la reconnaissance de ce que je suis.

Celui qui est incapable de tolérance devrait — s'il était honnête dans son jugement — commencer par s'enfoncer une dague dans le cœur, puisque lui-même est imparfait.

De la tolérance

« Le soleil passe les frontières, sans que les soldats tirent dessus ; alors pourquoi en est-il autrement des hommes ? »

SALIM JARBAN

« Demande quelle est sa vertu, ne demande pas quelle est la couleur de sa peau. »

DHÛ'L-NÛN AL-MASRI

« Or les scribes et les Pharisiens amènent une femme surprise en adultère et, la plaçant au milieu, ils disent à Jésus : "Maître, cette femme a été surprise en flagrant délit d'adultère. Or, dans la Loi, Moïse nous a prescrit de lapider ces femmes. Toi donc, que dis-tu ?" Ils disaient cela pour le mettre à l'épreuve, afin d'avoir matière à l'accuser. Mais Jésus, se baissant, se mit à écrire avec son doigt sur le sol. Comme ils persistaient à l'interroger, il se redressa et leur dit : "Que celui d'entre vous qui est sans péché lui jette le premier une pierre !" Et se baissant de nouveau, il écrivait sur le sol. Mais eux, entendant cela, s'en allèrent un à un, à commencer par les plus vieux ; et il fut laissé seul, avec la femme toujours au milieu. Alors, se redressant, Jésus lui dit : "Femme, où sont-ils ? Personne ne t'a condamnée ?" Elle dit : "Personne, Seigneur." Alors Jésus dit : "Moi non plus, je ne te condamne pas. Va désormais. Ne pèche plus." »

JÉSUS, *Évangile selon saint Jean*

« La grandeur du pardon s'évalue par la gravité de la faute. »

Proverbe kurde

« Et n'oublie jamais que l'absent seul connaît son excuse. »

Proverbe populaire

« Qui passe les êtres au crible, sera passé au tamis. »

Proverbe populaire

« Excuse toujours ton frère et ne porte pas sur lui le mauvais jugement de qui ne comprend pas les situations désespérées. »

AL-QÂSIM AL-HARÎRÎ, *Le Livre des Malins*

– 15 –

L'élégance suprême est le savoir-vivre. C'est une élégance qui exige nombre de vertus. Elle implique le courage, la volonté d'éviter le mensonge, l'art d'appliquer la mesure en toutes choses, mais aussi (pourquoi se refuser cette coquetterie), l'art de charmer et donc de s'exprimer. Il n'est pas toujours aisé d'exprimer sans détour ce que l'on pense réellement. Dire la vérité est utile à celui à qui on la dit, mais désavantageux à ceux qui la disent, parce qu'ils se font détester. Il n'en demeure pas moins que la satisfaction d'être resté fidèle à soi-même console largement de toutes les blessures provoquées par le rejet que l'on a éveillé en disant la vérité.

Mentir. Peut-être même t'ai-je moi-même menti en préambule lorsque je te confiais que, poursuivi par la vindicte d'Allah, la solitude était mon lot. Dans ce cas, c'était un pieux mensonge, puisqu'il a permis à ton regard de s'attendrir sur mon sort et de prêter une oreille attentive à mes recommandations. En vérité, je ne crois point avoir menti.

J'ai quelque peu exagéré. Mais même en avouant cela, suis-je dans le vrai ou le faux ? À toi de départager ce qu'il en est... en vérité.

Du mensonge et de la vérité

« Mentir est le fait des faibles. »

FIRDUSI, *Le Livre des Rois*

« Qui souvent jure, ment souvent. »

Dicton syro-libanais

« Vérité qui dérange vaut mieux que mensonge qui arrange. »

Proverbe populaire

« Celui qui mange à deux tables suffoque. »

Proverbe populaire

« L'hypocrite est caractérisé par trois signes : il ment quand il parle, il ne tient pas sa promesse, il trahit quand on lui fait confiance. »

HADITH

De l'art de s'exprimer

« L'art de s'exprimer consiste à plaire à l'élite et à être accessible au plus grand nombre. »

VIZIR ABDEL HAMID IBN YAHIA

Voici que les premières lueurs de l'aube commencent à monter sur l'horizon. Les coupoles et les minarets se couvrent de rose pâle. Les maisons de brique et de terre séchée se découpent plus nettement. L'ombre lunaire s'estompe. Bientôt le soleil éclairera de sa splendeur la Ville Ronde.

Il est temps que tu rentres chez toi, mon ami, mon frère, ma sœur. Il est temps aussi que je reprenne mon voyage. J'ignore où le destin conduira mes pas. Demain à Mossoul. Dans une semaine à Koufa. Dans un mois à Chiraz. Comment savoir ? Il se peut aussi que le Très-Haut, ému de mes efforts, mette un terme à mon errance. Comment savoir ?

Si les voyageurs qu'il t'arrivera de croiser ici et là te parlent encore de moi, c'est que la malédiction me poursuit toujours. En revanche, si plus personne, jamais, n'évoque mon nom, cela signifierait que mon âme a enfin trouvé la sérénité.

Néanmoins, avant de nous séparer, j'aimerais te confier mes dernières recommandations. Conserve-les dans ton cœur, bien au chaud. Elles résument à elles seules tout ce qui a précédé.

Que la paix soit sur toi et sur les tiens.

Préceptes de vie

« Contente-toi de la vie la plus basse et, pour l'avoir reçue, présente les remerciements de quelqu'un pour qui le peu est encore beaucoup.

Tiens-toi loin de l'avarice qui ne cesse de faire descendre la valeur de celui qui par degré s'approche d'elle.

Défends ta bonne réputation et conserve-la telle quelle, comme le lion défend les poils de sa crinière.

Sois patient sous les coups de la pauvreté qui peuvent s'abattre sur toi comme les hommes résolus, et n'en souffle mot.

Ne laisse pas le rouge te monter au front parce que tu mendies, même si celui dont tu quémandes un don t'accorde tout son bien.

L'homme libre est celui qui a conscience de la paille qui a pénétré son œil et la cache sous sa paupière, à la source même de son regard.

Celui qui voit ses luxueux vêtements devenir guenilles n'accepte pas que ses joues se fanent à force de mendier.

Quand le sort te frappe, ou la faim, ne reste pas de pierre dans le but de montrer une âme fière et résignée.

De tes yeux vérifie si une terre aride est semblable à une terre parsemée d'arbres.

Méprise ce que te montrent les gens stupides. Quel crédit accorder à l'arbre qui ne donne aucun fruit ?

Éloigne ta monture du lieu où la soif t'a tourmenté, et va là où sans cesse ruisselle la pluie.

Ne pleure pas sur des amis qui se sont éloignés, ni sur une maison que tu as quittée ; tourne comme tourne le siècle.

Prends les gens comme ils viennent, un lieu d'habitation et la terre entière comme une seule maison.

Supporte avec patience les défauts de qui tu fréquentes, et traite-le aimablement, car le vrai sage est celui qui est aimable avec autrui.

Ne perds pas une seule occasion d'être heureux, car tu ne sais si tu survivras un jour encore, une année. »

Al-Qâsim al-Harîrî, *Le Livre des Malins*

« Le silence est le rempart de la sagesse. C'est pourquoi on ne répondra pas avec précipitation et l'on n'usera point de trop longues paroles.

On ne devra ni flatter ni enjôler par ses paroles. On ne dira pas une chose en pensant une autre, mais on sera sincère et l'on conformera ses paroles à ses pensées. On ne leurrera pas les gens, même s'agissant d'étrangers.

On ne sera ni un railleur ni un plaisant, pas davantage une personne triste et chagrine, mais bien un homme joyeux.

Selon un mot des sages "la raillerie et la légèreté conduisent l'homme au libertinage". Voilà pourquoi ils ont prescrit de ne pas s'abandonner sans frein à l'enjouement, ni d'être triste ou morose à plaisir, mais de faire à chacun bon visage.

Le même souci d'équilibre empêchera que l'on ne soit cupide et qu'on ne se précipite tête baissée à la poursuite des richesses, mais il interdira aussi que l'on se livre à la paresse et qu'on soit en rupture de besogne. L'on fera preuve de désintéressement et l'on se contentera du peu de biens matériels qui vous est dévolu.

On ne se montrera ni querelleur, ni envieux, ni concupiscent, ni avide d'honneurs, car comme les sages l'ont dit : "L'envie, la volupté et l'ambition abrègent la vie de l'homme." Pour parler en termes généraux, on se maintiendra dans la mesure moyenne que comporte chaque attitude morale de sorte à les placer toutes dans le juste milieu. Et c'est là ce qu'entend Salomon lorsqu'il déclare : "Équilibre le chemin de tes pieds. Et toutes tes voies deviendront bonnes." »

MOÏSE MAÏMONIDE, *Le Guide des égarés*

« Si l'un de vous voit un mal, qu'il intervienne pour le changer ; s'il ne le peut pas, qu'il le condamne avec la parole ; s'il ne le peut pas non plus, qu'il le désapprouve au moins en son cœur. »

HADITH

« Quelle que soit ta misère, continue à posséder ce bien précieux, défends-le, même si cela doit te conduire à la potence. Ce bien a pour nom la dignité humaine. »

ABD AL-MALEK NURI, *Le Chant de la terre*

Achevé d'écrire
à la nouvelle lune de rajab l'unique,
l'an 1399, (1999 de J.-C).
La louange est à Dieu, Seigneur des Mondes.

Biographie des principaux auteurs cités

ABDEL AL-KADER IBN MUHYI AL-DIN HASSAN

Émir arabe (près de Mascara, 1808 — Damas 1883). Il dirigea de 1832 à 1847 la résistance à la conquête de l'Algérie par la France, qui reconnut un temps son autorité sur une partie du pays. Après la prise de sa smala (camp de l'émir) par le duc d'Aumale (1843) et la défaite de ses alliés marocains sur l'Isly (1844), il dut se rendre en 1847 au général Lamoricière. Interné en France jusqu'en 1852, il se retira ensuite à Damas.

ABOU AL-HASSAN KHARAQÂNÎ

960-1033. Il est l'un des premiers grands soufis d'origine iranienne sur lequel nous disposons d'un corpus littéraire. Il dit lui-même n'avoir jamais eu ni maître ni disciple, cependant il a hérité la direction spirituelle d'Abou'l-Abbâs Qassâb Amulî, « le boucher », d'Amul. Kharaqânî fut unanimement reconnu comme le Maître suprême de son époque. Outre le sultan Mahmoud, nombreux furent les chercheurs de vérité qui lui rendirent visite.

SARÎ SAQATI ABOU AL-HASSAN
Le premier prédicateur de Baghdad des vérités mystiques du soufisme. Il occupa une place éminente parmi les soufis de la Ville Ronde et mourut en 867, à l'âge de quatre-vingt-dix-huit ans.

ABOU AL-QASIM AL-TAMIMI
Xe siècle. Poète-truand, il gagnait sa vie en insultant son prochain — et en monnayant ce talent. Son art était grand, nourri par une érudition et une mémoire prodigieuses. De peur d'avoir à subir ses saillies en pleine rue, les bourgeois de Baghdad le conviaient chez eux — moyennant force pièces d'or — à l'occasion de banquets d'un genre spécial où le rusé poète, convenablement abreuvé, avait pour mission de rabrouer son hôte et les commensaux par lui rassemblés, ce qui ne l'empêchait pas d'épingler au passage les absents, le pouvoir et, d'une manière générale, la troupe nombreuse des tartuffes et des bien-pensants.

ABOU ALI SHAQIK BALKHI
Soufi d'une grande érudition, il fut tué au combat lors d'une guerre sainte en 810.

Abou Hafs Haddad

Né à Nishapur, forgeron de son métier, il côtoya d'autres mystiques de l'école de Baghdad. Célèbre pour sa piété, il mourut à Nishapur vers 879.

Abou Nawas

« L'homme aux longs cheveux bouclés ». Né vers 757, dans le Khuzestan (sud-ouest de l'Iran actuel), mort à Baghdad vers 815. Il fait partie des plus grands poètes arabes. « Son talent est si grand, disait l'historien al-Massou'di, qu'il aurait pour ainsi dire fermé les portes de la poésie si le champ de celle-ci était moins vaste, si son domaine avait des limites et s'il était possible d'en atteindre les bornes. »

Al-Farabi

Abou Nasr Mohammed, dit Al-Farabi parce qu'il est né près de Farab dans le Turkestan, en Asie centrale, vers 860/870, est l'un des philosophes majeurs de l'islam. De sa vie, on ne connaît pratiquement rien sinon qu'on la situe à Baghdad dès sa jeunesse et qu'il y restera jusqu'à sa mort survenue à Damas en 950, après un séjour à la cour du prince d'Alep.

À Baghdad, il étudie la théologie et la philosophie auprès du maître Haylan, un chrétien nestorien (le nestorianisme voit en Jésus-Christ deux personnes distinctes, un homme de chair et de sang de naissance humaine et une essence divine distincte) dont les doctrines sont fort répandues en Perse à l'époque. Il étudie également le droit, la physique, les mathématiques et la pensée grecque dont il devient un ardent défenseur.

Il mène la vie des doctes lettrés, protégé des souverains régnants mais subissant du même coup les aléas politiques et les rivalités qui, en terre d'islam, mélangent étroitement les questions politiques et religieuses, notamment entre sunnites et chiites.

Farabi a produit également une œuvre politique importante qui s'appuie aussi sur la conception platonicienne de la Cité et du bonheur et tente d'apporter une réponse à la question du rôle des souverains, des chefs, des califes, et des imams, source des principaux conflits civils et religieux de son temps. Si, plus tard, Avicenne, Averroès, Al-Ghazali, les philosophes musulmans d'Espagne ont acquis en Occident plus de renommée, Al-Farabi a été sinon leur maître, du moins l'un des éléments essentiels de leur réflexion et le premier à avoir proposé une synthèse des pensées grecque et musulmane.

AL-GHAZALI

Né en Perse, à Tus, en 1058. Mort en 1111. Il est l'un des plus importants théologiens de l'islam, en même temps qu'un éminent représentant du soufisme.

Après des études à Nishapur où il reçut une éducation sunnite traditionnelle, il étudia la religion, les sciences et surtout le droit canonique dont il devint un spécialiste. Tout au long de sa vie, il s'attira de nombreux disciples, mais aussi de

farouches détracteurs, car il ne craignait ni la critique ni la polémique.
En proie au doute, il trouva refuge dans la religion et entra dans un ordre soufi. Il voyagera à Damas, Jérusalem, Médine, La Mecque, où il opérera un retour aux sources, se consacrant à la méditation, découvrant en partie l'extase mystique.

Ali Ibn Abou Taleb

Il fut le gendre et le cousin du Prophète. Né à La Mecque vers 600, mort en janvier 661 à Kuffa. Il fut l'un des premiers disciples. Après l'assassinat de Osman Ibn Affan, le troisième calife, il fut reconnu calife par les musulmans de Médine. Mais deux Mecquois, Talha et Zubayr, associés à Aïsha, fille d'Abou Bakr et femme préférée du Prophète, levèrent une armée pour s'opposer à la nomination de Ali. Celui-ci triompha d'eux en 656 (bataille du chameau), mais le gouverneur de Syrie ne reconnut pas non plus le nouveau calife. Ali perdit le califat et, en janvier 661, il fut assassiné. Après sa mort, les chiites lui accordèrent un pouvoir semi-divin transmis par Mahomet lui-même.

Al-Mutannabi

Ahmad Abou al-Taïeb. Poète arabe né à Kufa en 915 et mort à Baghdad en 965. Dans sa jeunesse, il se serait fait passer pour un prophète, d'où son surnom de Mutannabi (celui qui prétend à la prophétie). Il fit carrière de panégyriste professionnel auprès de plusieurs souverains. Traitant d'une façon nouvelle les anciens genres littéraires, Al-Mutannabi transforma le récit classique en écourtant le prologue amoureux. Il vécut à Chiraz, Iran, sous la protection de l'émir Adud ad-Dawlah jusqu'en 965. De retour en Irak, il fut assassiné près de Baghdad par des voleurs.

AL-QÂSIM AL-HARÎRÎ

Né près de Basra vers 1054, il passe pour l'un des plus grands écrivains irakiens et du monde arabe. *Le Livre des Malins* fut l'un des plus importants succès du Moyen Âge arabe et se retrouva dans la bibliothèque de tous les princes et vizirs de l'époque, lesquels ne se privèrent pas d'y puiser plus d'un tour.

ATTAR

Farid al-din Mohammed, dit al-Attar (le droguiste). Il est né vers 1120 dans la province du Khorasan, au nord de l'Iran. Mort en 1190 à Nishapur.

Poète, il est l'auteur d'une œuvre épique d'une grande richesse esthétique, rédigée dans une langue admirable, d'une haute portée spirituelle, religieuse et initiatique.

Il reçut, dit-on, dans sa jeunesse, l'initiation d'un ange qui l'enjoignit de propager parmi le peuple et les humbles les enseignements des sages et des saints.

AVERROÈS

Abou al-Wahid Mohammed Ibn Rouchd. Né à Cordoue en 1126, mort en 1198 à Marrakech.

Il est, avec Avicenne et al-Farabi, l'un des plus importants philosophes de l'islam. Promis à une carrière de jurisconsulte, de juge, comme son père et son grand-père, il fait des études religieuses classiques, mêlant la philosophie, la théologie et le droit. Il se forme également à la médecine, métier qu'il exercera auprès du calife Youssouf.

Il s'intéressa aussi à l'astronomie, rédigeant un commentaire du *Traité du ciel* d'Aristote où il affirme que la Terre est une sphère.

Il est nommé juge à Séville, puis à Cordoue.

Mais bientôt, sous la pression des religieux orthodoxes, l'activité « philosophique » d'Averroès est remise en cause. Le calife Mansour n'hésite pas à le jeter en prison, puis à l'exiler au Maroc.

Averroès aura tenté toute sa vie durant de réconcilier la loi coranique et l'exercice intellectuel.

AVICENNE

Ali Ibn Sina. Philosophe et médecin persan. Il est né en 980 dans la région de Boukhara où très rapidement il se signale par une grande intelligence et facilité à l'étude qui lui fait assimiler dès l'adolescence la quasi-totalité des ouvrages scientifiques disponibles, de la physique aux mathématiques, puis à la médecine, de la philosophie à la religion.

Il s'oriente vers la médecine et sera très vite sur-

nommé « le Cheikh el-raïs », le maître des médecins. Il a connu une existence tumultueuse, participé à la vie politique, fut nommé vizir, ce qui lui vaudra de connaître la prison, la fuite. Ses ouvrages de médecine où il décrit avec minutie les symptômes des maladies qu'il a rencontrées et les moyens d'en guérir firent autorité et leur influence sera — plusieurs siècles après sa mort — considérable.
Son œuvre philosophique le place parmi les quatre ou cinq grands philosophes de l'islam.
Outre son célèbre *Canon de la médecine*, véritable encyclopédie médicale, l'œuvre d'Avicenne est aussi celle d'un métaphysicien, science qu'il plaça au-dessus des autres.

BACHÂR IBN BOURD

Aveugle et laid, il eut tout de même de nombreuses aventures amoureuses. Il était d'origine persane. Seule la date de sa mort nous est connue : 783. Vitupérant sans cesse contre les Arabes, ne craignant pas le scandale, il n'eut longtemps que son art pour défense. Excédé par les frasques du poète, le calife al-Mahdi l'abandonna à la vengeance de son ministre Ibn Daoud qu'il n'avait cessé d'attaquer. Bachâr fut exécuté et l'on jeta son corps dans le Tigre.

BOUZOURDJMIHR

Il aurait été vizir du roi de Perse sassanide Anochirwân le Juste. Tout jeune, il fut présenté au roi, à qui il expliqua un songe. Il était astronome et médecin, très éloquent, entendu en affaires, avec cela fort beau. Le roi en fit son principal conseiller ; Masoudi et Firdusi ont conservé un grand nombre de sentences qui lui sont attribuées. Le jeu d'échecs ayant été inventé dans les Indes et présenté à Nouchirwân, Bouzourdjmihr, d'après le simple examen de l'échiquier, devina quelles devaient en être les règles. Il inventa ensuite à son tour le jeu de nard ou de trictrac qu'il envoya aux Indiens. Un accident malheureux lui fit perdre un jour la confiance du souverain ; il fut jeté en prison où il eut beaucoup à souffrir. Un destin qui permet de lui attribuer quelques belles paroles. On le tira de sa cellule un jour qu'on eut besoin de lui pour résoudre une énigme : il s'agissait de savoir ce qu'il y avait dans une cassette fermée. Il donna la réponse juste et rentra en faveur. Selon Masoudi, il périt victime d'un accès de colère de Kesra Eperwiz, le second successeur d'Anochirwân.

Cheikh Abou'l-Abbâs Qassâb Amulî

Mort vers 1020, à Amul (aujourd'hui Chärjew dans le Turkménistan). Philosophe soufi, il influença la pensée de Kharaqânî lequel séjourna près de deux ans auprès de celui qu'on surnommait « Le boucher d'Amul ». Le Cheikh possédait un lieu de retraite au sein de la communauté soufie de la province qui — selon certains témoignages — ressemblait à un enclos. Il y vécut quarante ans, retiré au milieu des hommes.

Dhû'l-Nûn al-Masri

Né à Akhmim, en Haute-Égypte vers 796. Il étudia le soufisme avec différents maîtres et effectua de longs voyages. Arrêté pour hérésie en 829, à Baghdad, il fut relâché et retourna au Caire où il mourut en 861. Son mausolée y est révéré. Il est devenu une figure légendaire, réputé alchimiste et thaumaturge.

Djalâl al-din Rûmî

Surnommé aussi *Mawlanna*, qui signifie *maître* ou *seigneur*, Rûmî est considéré comme le plus grand poète mystique de la langue persane et l'un des plus hauts génies de la littérature spirituelle universelle. Né le 30 septembre en 1207, à Balkh, dans le Khorasan (aujourd'hui en Afghanistan), il vécut la plus grande partie de son existence en Turquie au terme d'une errance de plusieurs années avec sa famille qui avait fui les massacres de Gengis Khan.

Son père, théologien et enseignant, assura à son fils une éducation d'érudit. Sa vie durant, Rûmî fut obsédé par le désir de trouver la voie qui aboutirait à la fusion de l'âme en Dieu. Il s'initia aux pratiques du soufisme, à la méditation jusqu'à l'extase.

Sa vie bascule lorsque le 30 novembre 1244, à Konya, il rencontre un derviche errant, originaire de Tabriz, le moine soufi Shams al-din. Pris d'une véritable passion pour le personnage, Rûmî abandonne tout, famille, enfants, sa fonction, sa maison pour travailler aux côtés de celui qui devint son initiateur, son maître.

L'aventure passionnelle de Djalâl al-din Rûmî et de Shams fit scandale et il faudra que Shams soit assassiné pour que Rûmî redevienne lui-même et mette en œuvre les expériences et les enseignements qu'il a assimilés en créant la confrérie soufie des derviches tourneurs. Aujourd'hui encore, il existe des adeptes de cette discipline codifiée par Rûmî où la musique et la danse sont le moyen de parvenir aux transes extatiques.
Son œuvre principale demeure le *Mesnevi*, recueil de quelque cinquante mille vers. Sa philosophie, sa morale, sa doctrine mystique y sont contenues. Henry Corbin en parle comme du « Coran persan ».
Rûmî est mort le 17 décembre 1273, à Konya, où son tombeau fait l'objet d'une grande vénération.

DJÂMI
Né à Djam, dans le Khorasan, en 1414, il étudia à Hérat et à Samar la théologie et s'affilia à la confrérie des soufis de Nashquabandis dont il devint le supérieur. Mort en 1492, il a laissé de très nombreuses œuvres en persan et en arabe ; les unes en prose, les autres en vers, ainsi qu'un recueil d'anecdotes en prose mêlée de vers : *Le Beharestân*, traduit en français par Henri Massé, Geuthner Ed., Paris, 1925. C'est un des maîtres de la littérature persane.

FIRDUSI OU FIRDOUSSI
Abou al-Qasem al-Mansour Ibn Hassan. Il serait né vers 935, près de Tus, en Iran. Immortalisé

pour avoir conçu le *Shah-Nameh*, le *Livre des Rois*, qui compte parmi les grandes épopées de la littérature universelle, au même titre que l'*Odyssée*, l'*Iliade*, ou *L'Enfer* de Dante. L'ouvrage monumental (trente-cinq années d'écriture et plus de 70 000 vers) fut dédié au sultan Mahmoud le Ghaznawide. Au fil des pages, l'auteur relate l'histoire de l'ancien Iran des temps mythiques jusqu'à la chute de Khosro II (690-628) et l'invasion arabe.

GIBRAN KHALIL GIBRAN
Il est né le 6 janvier 1883, à Bcharri, petite ville du nord du Liban. Les difficultés matérielles que connaît sa famille poussent sa mère Kamila Rahma à émigrer aux États-Unis, alors que son père en butte aux tracasseries du fisc demeure sur place pour gérer le patrimoine. Après quatre années de séjour à Boston, Gibran rentre à Beyrouth et poursuit ses études au Collège de la Sagesse. De retour à Boston, il rencontre le célèbre photographe Fred-Holland Day, et pose en qualité de modèle. Il esquisse des dessins au crayon et sent naître sa vocation de peintre. Sa rencontre avec Mary Haskel, en 1904, le sauvera et transformera sa vie. Mary est son aînée de dix ans ; elle est riche et généreuse. Ayant remarqué qu'il était doué, elle le pousse à accepter de l'argent pour parfaire des études artistiques à Paris. Pendant vingt-huit mois, Gibran peint ; il fréquente les milieux artistiques et littéraires de la capitale française.
En novembre 1911, Gibran s'installe à New York

et écrit ses principaux ouvrages en arabe, ouvrages d'un style nouveau et qui exaltent un esprit de révolte. Il accède à la notoriété en Orient. Il devient également célèbre dans les milieux libanais et syriens aux États-Unis et dans toute l'Amérique du Sud où s'étaient établies d'importantes colonies d'émigrés. Ce n'est qu'en 1918 que paraîtra *The Madman, Le Fou*, son premier ouvrage écrit en anglais avec l'aide et le soutien continu de Mary Haskel, traductrice et conseillère. En 1923, il publiera *Le Prophète* qui lui fera connaître une renommée internationale.

HAFIZ

Mohammed Shams al-din Hafiz (v. 1320-v. 1389). Sans doute le plus grand poète lyrique persan. Il ne quitta jamais sa ville natale (Chiraz) et ce, malgré les sollicitations de la plupart des princes de la région. Après de brillantes études en théologie et en littérature arabe, il enseigna ces matières ainsi que l'exégèse coranique (d'où son nom littéraire de Hafiz « celui qui connaît par cœur le Coran »).

HALLAJ

Poète et philosophe perse, Hallaj est sans doute l'un des plus célèbres mystiques de tous les temps pour le monde islamique, bien qu'il soit presque totalement inconnu en Occident. Né à Tur (Iran) en 857, il reçoit une éducation coranique en langue arabe, ses parents s'étant installés en Irak. Dès l'adolescence, il est extrêmement pieux et connaît

des épisodes extatiques qui provoquent l'admiration et la crainte. À vingt ans, il entre dans une communauté soufie à Bassora et devient moine, consacrant — bien que cela ne l'empêche pas de se marier et d'avoir des enfants — sa vie à Dieu, à la méditation et à la prière. Poèmes et oraisons ponctuent son itinéraire spirituel.
Toujours vêtu de noir, montrant l'exemple du dépouillement, de l'ascèse et de la rigueur morale, il entreprend son premier pèlerinage à La Mecque. Sa présence près de la Kaaba va exacerber encore son mysticisme et son intransigeance. Pendant une année entière, il restera, dit-on, assis sur le parvis du lieu saint, pratiquant le jeûne et la prière, sorte de reproche vivant — ou de modèle — pour les croyants dont il estime la dévotion superficielle ou insuffisante.
Il prêche, rassemble des fidèles au cours de périples qui vont le mener jusqu'au Khorasan, en Inde et au Turkestan.
Mais son exaltation, les sacrifices qu'il s'inflige, cette folie de Dieu qui l'habite le signalent à la vindicte des autorités religieuses. Dès son retour à Baghdad, les chiites l'accusent de sorcellerie, les soufis le rejettent, lui qui a osé quitter leur confrérie.
Il est emprisonné et condamné à mort. Il réchappe une première fois à la sentence grâce à des adeptes influents, mais quelques mois plus tard, jugé fou et hérétique, mais sans doute trop populaire, il est exécuté par décapitation en 922, à Baghdad.

Ibn al-Muqaffa

Écrivain iranien, né en 720, mort en 756. Il a vécu sous la période abbasside. On lui doit la traduction du sanscrit en arabe des « Fables de Bidpaï », sous le titre *Kalilah wa Dimmah*. Ces fables ont abondamment nourri la littérature islamique d'une multitude de proverbes, de contes et de paraboles. Il a aussi introduit des chroniques allégoriques persanes : *Khwatay Namak*, ou *Livre des Rois*, source de la mythologie préislamique. Ibn al-Muqaffa est considéré comme le précurseur du style « protocolaire », plus tard repris par les secrétaires des chancelleries. On lui doit aussi la traduction d'un traité sur l'art de gouverner (*adah*), dans lequel sont développées les règles de l'étiquette en vigueur à la cour.

Ibn Arabi

Abou Bakr Mohammed Muhyi-al-din, philosophe, théologien et poète mystique, né à Murcie en Espagne en 1165, mort en 1240 à Damas.
Il a reçu une éducation coranique traditionnelle, et manifesta assez rapidement une vocation mystique qui le conduira à se consacrer entièrement à Dieu à travers le soufisme dont il deviendra une figure prépondérante.
L'influence du soufisme sur la théologie musulmane deviendra plus importante encore grâce aux travaux d'Ibn Arabi. Il aurait rédigé plus de cent cinquante ouvrages. Une dizaine seulement est accessible aujourd'hui.
À l'âge de soixante ans, il s'installa à Damas où il rédigea la part essentielle de l'œuvre conser-

vée. Ses théories, sa vision de Dieu et du monde ont marqué l'islam et orienté non seulement la mystique soufie, mais toute la philosophie musulmane.

Ibn Hazm

Il est né en 994, à Cordoue, d'un père ministre d'al-Mansour. C'est aux Omeyyades qu'il dédia sa courte carrière politique. Il fut aussi l'éphémère vizir d'un des derniers califes de Cordoue, vite balayé par la guerre civile. C'est probablement après cet échec qu'il se consacra à l'écriture du *Collier de la colombe* (sur l'amour et les amants).

Il mourut dans la solitude, en 1064, laissant — selon ses contemporains — une œuvre immense de théologien, d'historien.

Ibn Khaldoun

Né à Tunis en 1332, sous la dynastie des Hafsides, d'une famille de lettrés originaires d'Arabie, il se destine à la carrière politique et administrative. Après des études quasi encyclopédiques, il occupera diverses fonctions auprès des sultans, dans cette époque troublée où les familles Hafsides et Mérinides se disputent le pouvoir au Maghreb.

Ibn Khaldoun tente de se maintenir en poste et alterne les faveurs et les disgrâces : il fera même deux années de prison durant sa période sombre. Obligé de quitter la Tunisie, il continue pourtant de jouer un rôle dans la mouvance politique : on

le retrouve chargé de mission diplomatique en Espagne puis en Algérie où il se fixe un temps, à l'abri des luttes d'influence, et commence son œuvre d'écrivain.
Plus tard, c'est en Égypte — il est alors juge et docteur de la loi — qu'il continue d'exercer son talent de diplomate. Il est entre autres chargé des pourparlers avec Tamerlan dont les armées avaient dévasté Damas. Ibn Khaldoun jouit d'une grande considération. C'est dans cette partie de sa vie qu'il se consacre à l'étude du soufisme dont il deviendra professeur et haut dignitaire. Il meurt au Caire en 1406.
Ibn Khaldoun laisse une *Histoire universelle* en trois volumes dont l'introduction propose une véritable philosophie de l'histoire et une *Autobiographie.*

KHAYYAM
Omar Ibn Ibrahim al-Khayyam (1050-1123). Originaire du Khorasan. Auteur des *Robayyat — Quatrains* — il est à la fois l'un des plus célèbres poètes persans et un savant, auteur d'un ouvrage sur l'algèbre qui est parvenu jusqu'à nous.
Grâce à son génie, et à sa connaissance de l'astronomie, des mathématiques, de la physique et de la philosophie, il devint l'un de ces personnages dont aimaient à s'entourer les princes. Il sera chargé — entre autres — par Malek Shah, de la réforme du calendrier persan.

MAHMOUD SHABESTARI
Né près de Tabriz, en Iran, à une date inconnue. Mort en 1320. Soufi éminent ayant acquis une vaste audience. Auteur de traités mystiques.

MOÏSE MAÏMONIDE
En hébreu, Moshe ben Maïmon ; en arabe Abou Imran Moussa Ibn Maïmoun, né à Cordoue le 30 mars 1135, mort au Caire le 13 décembre 1204. Incontestablement le plus grand philosophe juif du Moyen Âge. Il fut aussi astronome, mathématicien et médecin. La conquête de Cordoue par les Almohades, en 1148, contraignit la famille Maïmonide à quitter la péninsule Ibérique. Après quelque temps d'errance, une escale à Fès et en Palestine, elle s'établit à Fostat, près du Caire, en Égypte, où Maïmonide devint le médecin personnel du sultan ayyubide, Salah al-din (Saladin).
La contribution du philosophe au développement du judaïsme lui valut le surnom de « second Moïse ». Son œuvre encyclopédique, rédigée en hébreu ou en arabe, comporte trois ouvrages principaux : *Le Luminaire*, commentaire monumental de la *Mishna* [1] (1168), qui contient notamment les Treize Articles, devenus ensuite partie intégrante de la liturgie synagogale ; *Le Mishne Torah* (1180), traité de philosophie religieuse

1. Compilation de commentaires rabbiniques sur la Torah. On lui a donné le nom de « loi orale » en la considérant comme faisant partie de la révélation mosaïque aux côtés de la « loi écrite » qu'est la Torah.

inspiré d'Aristote ; *Le Guide des égarés* (ou « des indécis »), écrit en arabe (1190) à l'intention des intellectuels que leurs spéculations mettent en conflit avec la foi.
Le Guide exerça une influence prépondérante pendant près de cinq siècles et influença grandement des penseurs chrétiens du Moyen Âge, tels que saint Thomas d'Aquin ou Albertus Magnus.

MUHAMMAD AKBARADBÂDÎ
Il a écrit vers 1635 un ouvrage intitulé *Mukbir al-wâsilin*. Il parle des prophètes et de nombreux soufis, depuis le début de l'islam jusqu'à l'année précédant sa mort.

SAADI
Né à Chiraz vers 1213, il était le fils d'un fonctionnaire au service du prince de la province de Fars.
Après la période des études, commence celle des voyages. Emprisonné par les croisés, il est vendu comme esclave. Mais, sa bonne étoile veille. L'acheteur est un riche marchand d'Alep qui, au lieu de le prendre comme serviteur, lui propose sa fille en mariage. Néanmoins la condition lui pèse et il continue ses voyages. D'autres aventures l'attendent jusqu'à sa fuite en Inde puis au Yémen. Les récits anecdotiques foisonnent dans *Le Bustan*, recueil poétique autobiographique de près de huit mille vers. *Le Gulistan*, autre recueil tout aussi important, fut le premier ouvrage de poésie iranienne introduit en France au XVIIe siècle.

Saadi achèvera sa vie dans sa ville natale où il mourra, poète officiel comblé, vers 1292.

Sarî Saqati Abou al-Hassan

Le premier prédicateur à Baghdad des vérités mystiques du soufisme. Il occupa une place éminente parmi les soufis de la Ville Ronde.

Sidi Abou Madyân

Mort en 1197 en Andalousie, étudia à Fès et en Orient, vécut surtout en Algérie et fut enterré près de la ville de Tlemcen, dont il est le saint. Il fut le principal introducteur du soufisme au Maghreb et sans doute le plus célèbre des saints d'Algérie. On récite souvent ses poèmes, et ses sentences sont encore commentées de nos jours.

Sohravardi

Shihabbodin Yahya dit Sohravardi, philosophe iranien, né en 1155 à Shoravard, mort à Alep en 1191.

Il est considéré comme le fondateur d'un système de pensée spécifiquement oriental et autonome, qui mêle sagesse et mystique, métaphysique et théosophie.

Après des études classiques de théologie et de philosophie, il séjourne à Ispahan où il étudie Avicenne et ses commentaires d'Aristote, puis il se déplace à Baghdad.

Il s'initie au soufisme et s'intéresse aux pratiques ésotériques ainsi qu'à l'occultisme. Il commence

à entrevoir son œuvre : refonte de l'histoire de la philosophie depuis la Grèce antique jusqu'à la Perse du XIIe siècle.
On le retrouve ensuite à Alep où ses idées font scandale : on l'accuse de déviance par rapport au Coran et d'infidélité à l'islam. Les docteurs de la loi demandent sa tête au calife. Il mourra en prison à l'âge de trente-six ans.

SULTÂN VALAD
Né en 1226, mort en 1318, fils aîné et successeur de Djalâl al-din Rûmî à la tête de la confrérie des *mawlavîs* que son père avait fondée à Konya, en Anatolie. C'est lui qui en fut le véritable organisateur et contribua à sa diffusion dans tout l'empire. Disciple très proche de son père et maître spirituel, Sultân Valad nous a laissé des souvenirs précieux sur lui, notamment dans son *Valad-nâmé*. C'est certainement lui qui recueillit les enseignements de Djalâl al-din Rûmî qu'il a consignés dans le traité *Fîhi-mâ-fîhî* publié au nom de Rûmî, ainsi que ses *Ma'arif*, dont la traduction française par E. de Vitray-Meverovitch est parue sous le titre *Maître et disciple.*

YUNUS EMRÉ
Il est l'un des premiers grands poètes turcs. Sa vie est mal connue ; il aurait vécu entre le milieu du XIIIe siècle et 1320 environ. Il appartenait à une de ces confréries populaires de derviches mystiques musulmans qui créèrent les avant-postes de la culture turque et islamique. Son

œuvre se compose d'un long poème didactique (*Livre des préceptes*) et surtout de son *Diwân*. Traduisant, dans une forme admirable, les problèmes abstraits les plus complexes et les émotions les plus concrètes, touchant les plus lettrés comme les plus humbles, Yunus Emré a toujours gardé une immense popularité au sein même de la paysannerie turque dont il incarne la sensibilité et l'âme profonde.

ZAMAKHCHARÎ, ABOU AL-QASIM MAHMOUD IBN OMAR AZ

Né le 8 mars 1075, dans la région de Khwarezm (aujourd'hui partagée entre le Turkménistan et l'Ouzbékistan) le long du fleuve Amou-Darya, mort le 14 juin 1144, à al-Jurjaniya. Grammairien, théologien, poète et philosophe, son œuvre maîtresse est un commentaire du Coran en deux volumes : *Al-Kashshaf'an Haqa'iq al-Tanzil*. Théologien, il fit partie de l'école des Mu'tazilites. En tant que philologue, il considérait que l'arabe était la reine des langues, bien que sa langue natale fût le persan. Son commentaire du Coran, achevé en 1134, ne fut publié qu'en 1856, à Calcutta. Il fut aussi auteur de poèmes, d'un important recueil de proverbes anciens et d'innombrables apophtegmes (paroles mémorables exprimées de façon concise), sur la morale et la rhétorique.

LE SOUFISME

L'appellation puise son origine dans le mot « laine », *souf* en arabe, matière dans laquelle étaient tissées les robes que portaient — en signe d'humilité — les disciples de cette « philosophie ».

Le mouvement est né entre 661 et 750 de notre ère. Baghdad en devint le centre vers la seconde moitié du IXe siècle. Le soufisme ne peut être considéré comme une secte, ni ne constitue une doctrine. Il est essentiellement une vision du monde et une manière de vivre qui tendent à rapprocher l'homme de Dieu, avec pour accomplissement final l'union parfaite avec Lui. Insensiblement, devant le nombre grandissant de leurs adeptes, les soufis se virent contraints d'établir des règles et un ordre hautement hiérarchisé au sein des confréries (*tarikat*).

Cheminement intérieur, chaîne initiatique (*silsila*) doivent permettre à l'homme (en passant par des intermédiaires pieux et vénérables) de se hisser vers la figure qu'ils vénèrent le plus, à savoir Ali (gendre du Prophète), puis vers Mahomet, l'ange Gabriel, jusqu'à la fusion avec Allah lui-même.

Parmi les rites ou rituels dont le but est d'atteindre un état de conscience profond, voire d'extase, on trouve le *zikhr*, pratique la plus importante et la plus répandue dans les confréries qui consiste en la répétition constante d'oraisons énoncées individuellement ou collectivement, accompagnées ou non de mouvement du corps.

Précisons qu'aucune catégorie de penseurs islamiques ne fut aussi vigoureusement réprimée que les mystiques et les ésotériques, parmi lesquels les soufis. Nombreuses furent les victimes désignées à la vindicte populaire, condamnées à la torture, à l'exil ou à l'emprisonnement. La hargne des autorités religieuses orthodoxes fut sans doute provoquée par la quête passionnée de l'inconnu à laquelle se livraient ces penseurs, par la nécessité qu'ils éprouvaient de sortir des sentiers habituels, par la tendance qu'ils avaient de passer outre les principes religieux considérés comme inflexibles.

Les Mille et Une Nuits

Recueil de contes anonymes, élaboré par des générations de conteurs populaires. *Les Mille et Une Nuits* furent révélées en Occident par la traduction française d'Antoine Galland (1646-1715).

Table

Composition réalisée par NORD COMPO

Imprimé en France sur Presse Offset par

BRODARD & TAUPIN

GROUPE CPI

La Flèche (Sarthe).

N° d'imprimeur : 7481 – Dépôt légal Édit. 11496-05/2001

LIBRAIRIE GÉNÉRALE FRANÇAISE - 43, quai de Grenelle - 75015 Paris.

ISBN : 2 - 253 - 15066 - 5 31/5066/1